ST 黄の調査ファイル

書下ろし警察ミステリー

今野 敏

KODANSHA NOVELS

講談社ノベルス

ブックデザイン＝熊谷博人
カバーデザイン＝熊谷博人
カバー原案＝辰巳四郎

1

そこは、足立区神明南二丁目にある小さなマンションの一室だった。古いマンションだ。オートロックもついていない。

ひとつの階に2DKの部屋が四つあり、五階建てだ。つまり、二十世帯が住んでいることになる。

いや、正確にはわからない。一部屋に何世帯か同居している場合だってある。

百合根友久は、二十ある部屋のひとつの戸口に立っていた。

部屋の中には、四つの死体が横たわっている。

「どけ、ばかやろう!」

突然、後ろから怒鳴られて、百合根は戸口から部屋の中へ飛び退いた。

どかどかと乱暴な足音で、背広やブルゾン姿の一団が百合根の前を通り過ぎた。コートを着ている者もいる。

どの顔も殺気立っている。

眼が赤く、顔は土気色に見える。顔に脂が浮いていて、誰もが寝不足に見えた。

百合根は、その一団の勢いに押されてぽかんとしていた。

すると、廊下のほうからさらに怒鳴り声が聞こえてきた。

「ばかやろうはおまえらだ。そこにいるのは、警部殿だぞ」

振り返ると、戸口に菊川吾郎が立っていた。警視庁刑事部捜査一課の部長刑事だ。

叩き上げの刑事は、今部屋に入ってきた連中の迫力に負けていなかった。

一団の先頭にいた背広姿の男が言った。

「菊やんか……」

菊川はその男を見据えている。背広姿の男は、ちらりと百合根のほうを見た。百合根は戸口の脇で小さくなっていた。

「警部殿だって？　キャリア組か？」

「そうだよ」

菊川が言った。「あまりの忙しさに、礼儀を忘れたか？」

背広の男は百合根のほうを見て言った。

「そりゃどうも、失礼」

あまり失礼なことをしたとは思っていない口調だ。

年齢は四十代の半ば。菊川と同じくらいだ。髪はもう長いこと理髪店に行っていないように見える。

背広はかなりくたびれている。

「綾瀬(あやせ)署の塚原(つかはら)だ。強行犯係の部長刑事。俺とは、初任科で同期だった」

菊川が言い、百合根はうなずいた。

目の前を横切っていった一団は、綾瀬署の刑事たちなのだ。すでに、機動捜査隊と鑑識は到着していた。

次にやってきたのが、百合根と菊川だった。そして、すぐあとに所轄署である綾瀬署の捜査員たちが到着したというわけだ。

「遺体は四体。女性二人に男性二人。いずれも二十歳前後……」

菊川が言った。

「部屋の中に七輪(しちりん)があります」

百合根は言った。「窓に目張りをしてドアの新聞受けにもタオルが詰めてあった……」

「この場にいる大半のやつが同じことを考えているはずだ」

百合根も同感だった。

若者の集団自殺。

七輪の中の木炭による一酸化炭素中毒死だ。

「通報者は？」

百合根は菊川に尋ねた。

「隣の部屋の住人らしい。なにか雰囲気が妙だってんで、気にしていたらしい。洗濯物を取り込もうとベランダに出たときに、隣のベランダを覗いてみたら、窓に内側からガムテープで目張りがしてあるのが見えた。それで、一一〇番したというわけだ。通報の時刻は、午後十一時二十三分と記録されている」

「もっと早く誰かが気づいていれば、彼らは死なずに済んだかもしれませんね」

「そういうことは考えてもしかたがないんだ、警部殿」

菊川が廊下を近づいてくる誰かに気づいた様子だ。菊川はドアフレームについていた手を放してその人物のほうを見ると、軽く一礼した。

百合根のところからは誰がやってきたのか見えない。だが、誰であるか予想がついた。菊川がちらりと百合根に目配せしたからだ。

思った通り、現れたのは川那部警視だった。川那部は検死官だ。本来、検視は医者の立ち会いのもとで検察官が行うことになっているが、実際には、代行検視といって、警察官の検死官が行う。

検死官の判断は絶対といっていい。

検死官を拝命する警察官は、十年以上の捜査経験を持つ警視以上で、一定期間法医学教室で研修を積むことを義務づけられている。

捜査員たちが、検死官の判断に疑問を差し挟むことはほとんどない。

川那部検死官は、ドアのところで立ち止まり、部屋の中を見回した。

それから、百合根に気づいて、顔をしかめた。

「また君か」

「行けと言われましたので……」

「誰に言われた?」

「管理官です」

「どの管理官だ?」

知ってるくせに。

百合根は思った。

百合根が所属する警視庁の科学特捜班、通称STを統括しているのは、三枝俊郎管理官だ。階級は川那部と同じ警視。

川那部と三枝はライバル関係にあるといわれている。

「まあいい」

川那部は言った。「とにかく、状況を見るのが先だ」

川那部は部屋に歩み寄り、所轄の捜査員たちを脇にどかせた。

綾瀬署の塚原が露骨にむっとした表情をみせた。

塚原は、なかなか付き合いづらそうだ。

百合根はそう思った。その気持ちを読んだように、菊川が言った。

「綾瀬署ってのは、とんでもなく忙しいところでね……。捜査員たちは寝る暇もない。そこで竹の塚署を新設したんだが、焼け石に水ってやつだ。綾瀬署の連中はみんな疲れ果てて、殺気立っている」

話には聞いていた。

百合根はキャリア組なので、所轄の交番勤務などの実務の経験には乏しい。知ってはいたが、実感がなかった。

言われてみれば、綾瀬署の連中は隙あらば誰かに嚙みつきたいような顔をしている。

「ふわあ……」

場違いなあくびの声が聞こえた。

珍しく青山翔がSTのメンバーの中で一番早くやってきた。

呑気なあくびに、綾瀬署の捜査員が反応した。一斉に青山を睨みつける。

その次の瞬間の彼らの反応は、百合根が見慣れたものだった。

ある者はぽかんと青山の顔を見つめつづけている。

ある者は、驚きに目を見開いている。

青山は、恐ろしいほどの美貌の持ち主だ。端正な顔立ちに、絹糸のように柔らかそうな髪。

青山に対する他人の反応を見ると、百合根はいつも、美が力を持っているという事実を実感する。

青山はSTの文書鑑定担当だ。すなわち、心理学のエキスパートだ。筆跡鑑定からプロファイリングまでこなす。

綾瀬署の捜査員たちは、まだ青山の顔を見つめている。見とれているといったほうがいいかもしれない。

青山は、眠そうな顔で部屋の中を見回している。特に何かを見つけようとしているようには見えない。

ただ、ぼんやりと見回しているのだ。

「寝てたのか？」

菊川が尋ねた。「まだ目が覚めてねえようだな」

「僕は早寝、遅起きなの」

「いいご身分だな。警察官は二十四時間勤務だよ」

「僕、警察官じゃないもん」

この青山の言葉が、綾瀬署の連中を刺激するのは明らかだった。百合根はひやひやしていたが、彼らの表情に反感は見て取れなかった。

青山の美貌に気を取られて、何を言ったか気づいていないのかもしれない。

続いて現れたSTのメンバーに、綾瀬署の捜査員たちの反応はさらに高まった。

結城翠（ゆうきみどり）が、いつもの恰好でやってきた。つまり、胸が広く開いた服に、おそろしく短いスカートだ。

彼女はいつも露出度の高い服を着ている。胸も腰も豊かで、脚はのびのびと長く、それでいて太ももはむっちりとしている。

豊かな長い髪の美人だ。黒目勝ちの眼が特徴的だった。

今日は、黒いタイトなワンピースに白いジャケットを羽織（はお）っている。

翠は、STの物理担当だ。特に音響の専門家だ。

綾瀬署の捜査員たちの視線を浴びても、翠はまったく動じた様子を見せない。長い髪を戸口の外でアップにまとめると、しっかりと留め、手袋を着けた。

「変死体が四つですって？」

翠は、遺体のほうを見つめながら言った。

「はい」

百合根がこたえた。

そのとき、綾瀬署の若い捜査員がこそこそと何か耳打ちし合うのが見えた。

まずい。

百合根は思った。

翠の顔をそっとうかがうと、やはりその二人のほうをきっと睨んでいる。

「あたしのパンツなんか見たって、何の証拠も見つからないでしょう」

綾瀬署の若い二人はぎょっとした顔で翠を見た。

そのまま、驚愕の表情で翠を見つめている。

周囲の捜査員は怪訝(けげん)そうな顔だ。

翠の地獄耳を知らないのだから、無理もない。彼女の聴覚は異常に発達している。絶対音感の持ち主だし、他人には聞こえないほどかすかな音を聞き分けることができる。

人間が聴き取ることができない低周波や高周波を聴き取ることもできるらしい。

「何をわめいているんだ？」

背後で赤城(あかぎ)の声がした。

低くよく通る声だ。髪が適度に乱れている。いつも無精髭が頬や顎に浮いているが、今日はそれがいつもより濃いような気がする。

時刻のせいだろう。

それがいっそうけだるげな男の色気を感じさせる。

「おい、俺の獲物(えもの)にやたらに触るな」

赤城が言うと、今度は鑑識係員たちがいっせいに振り返った。

　ゆっくりと川那部検死官が立ち上がり、振り向いた。

「また、おまえか」

　赤城は言った。

「それは、こっちの台詞だ」

「私は、検視をする権限を持っている。医者は立ち会えばいいんだ。そこで立って見ていろ」

「医者……？」

　年かさの鑑識係員の一人が尋ねた。見るからにベテランという感じの係員だ。

　赤城はこたえた。

「そうだ。俺は医者だ。法医学の専門家だ」

「なら、こいつを見れば一目瞭然だろう。どの遺体もまるで生きてるみたいにピンク色だ。唇の色も赤い」

「死斑の色を確認させてくれ」

　ベテラン鑑識係員はこたえた。

「こっちから見てくれ」

　赤城が一番窓側の男性の遺体に近づいた。すると、指紋の検出や室内の撮影のために散らばっていた鑑識係員が興味深げに近づいてきた。

　赤城は、遺体の衣類をめくり、死斑を調べると言った。

「なるほど、鮮やかなピンク色だな。一酸化炭素中毒の特徴だ」

「勝手にホトケさんに触るな」

　川那部が言った。「検視は私の仕事だ」

　赤城はその言葉をあっさり無視して、ほかの死体も調べた。

　いつしか赤城の回りに鑑識係員が集まってきていた。

「どの死体の死斑も鮮やかな桜花色」

　赤城は言った。「つまり、一酸化炭素中毒であることを物語っている」

「窓には中から目張り、ドアの新聞受けもふさいである」

ベテラン鑑識係員が言った。「争った跡もないし、遺体には傷もない。集団自殺のように見えるがな……」

他の鑑識係員が言った。

「だが、遺書らしいものが見つかっていない。そこがちょっとひっかかるが……」

また別の鑑識係員が言った。

「ネットで知り合ったのかもしれない。自殺に関するホームページで知り合った仲間が集団自殺したという事件が、かつてあった。それを真似たのかもしれない」

さらに別の鑑識係員が言う。

「だとしたら、そのホームページの掲示板あたりに、遺書めいた書き込みを残しているかもしれない」

「おい」

川那部は不機嫌そうに言った。「そういうことは、刑事の仕事だ」

ベテランの鑑識係員がちらりと川那部を見てから、赤城に言った。

「あんた、法医学の専門家だと言ったな？　この状況を見てどう思う？」

「一酸化炭素中毒だったら、それほど苦しまずに死ねただろう。視野狭窄、意識の混濁、やがて意識を失い、死に至る」

ベテラン鑑識係員は、うなずくと仕事を再開した。ほかの鑑識係員も散っていった。

川那部は赤城を睨みつけていた。

百合根はその様子を見て、ひやひやしていた。

脇をすっと音もなく通り過ぎていったのは、黒崎勇治だった。ＳＴにおける黒崎の担当は第一化学。化学事故やガス事故などの鑑定が専門だ。

彼の嗅覚は異常に発達していて、微量な薬品の臭いも嗅ぎ分けることができる。かつての同僚たちは、黒崎のことを人間ガスクロと呼んでいたらしい。

ガスクロとは、ガスクロマトグラフィーのことで、成分分析の機械だ。

もちろん、いくら鼻がきくからといって本物のガスクロに匹敵するはずはない。だが、香水の調香師や香道の大家などは、微量の香料を嗅ぎ分けるというから、人間の嗅覚もばかにはできないようだ。

黒崎は、異常に発達した嗅覚とともに、もうひとつの特技を持っている。彼は、いくつかの古武道の免許皆伝なのだという。

無口な男で、滅多に口をきかない。巨漢だが、猫のようにしなやかな身のこなしなので、ほとんど気配を感じさせない。

最後にやってきたSTのメンバーは、山吹才蔵だった。

彼は、作務衣姿だった。

綾瀬署の塚原が言った。

「誰だ、坊さんを呼んだのは」

百合根にとっては、すでにお馴染みの反応だった。捜査の現場に山吹が現れると、誰かが必ず似たようなことを言う。

山吹はSTの第二化学担当だ。薬学の専門家なのだ。実家が曹洞宗の寺で、彼も僧籍を持っている。れっきとした僧侶なのだ。

菊川が塚原に言った。

「彼もSTのメンバーだ」

「STのメンバー……?」

捜査員たちは怪訝そうに山吹を見ている。

山吹は部屋の中の様子を見て、言った。

「これは痛ましい……」

四つの遺体に近づくと、彼は言った。

「まずは、経を上げましょう」

山吹は般若心経を唱えはじめた。

捜査員も鑑識係員も手を止めて、神妙な顔つきになった。これもいつもの反応だ。

山吹はしばしば捜査の現場で経を上げるが、それをとがめた捜査員はまだいない。

川那部ですら、頭を垂れて経を聞いている。捜査員たちは、経験を積むごとに信心深くなるという話を聞いたことがある。

捜査の現場で山吹の上げる経がむしろ歓迎されるのは、彼らの信心深さのせいかもしれないと百合根は思う。

般若心経が終わると、ビデオのポーズを解除したように、捜査員や鑑識が動きはじめた。

綾瀬署の捜査員は、川那部の顔色をうかがっている。

赤城はおかまいなしに、独自に死体を検分していた。

翠は、腕を組んで赤城の仕事ぶりを眺めている。

青山は、相変わらずぼんやりと部屋の中を見回している。

赤城が黒崎を呼んだ。

「何か、薬品の臭いはするか？」

黒崎は遺体に近づいた。

しばらくして彼は赤城に近づき、耳元で何かささやいた。

赤城が言った。

「アルコールにニトラゼパム……？　ニトラゼパムは睡眠薬じゃないか」

「何だ？」

ベテラン鑑識係員が赤城に尋ねた。

「死体からかすかにアルコール臭がする。そして、この四人の汗から、かすかにニトラゼパムを飲んだ者独特の臭いがするらしい」

「どういうことだ？」

「死ぬ前に、睡眠薬を飲んでいるという可能性が高いな」

鑑識係員たちは、顔を見合った。

「自殺だな」

川那部検死官が立ち上がり、言った。「誰が見ても明らかだ」

百合根もそう思った。

ただの自殺ではない。若者の集団自殺だ。また、マスコミが騒ぎ立てるだろう。

「解剖はしないのか?」

赤城が川那部に尋ねた。

川那部は顔をしかめた。赤城と話をするだけで不愉快になるようだ。

「その必要はない」

「薬物の検査だけでもしてくれ」

「薬物の検査……? 何のために」

「念のためだ。睡眠薬を飲んでいる可能性がある」

「だとしても、自殺を否定するものではない。炭火をおこし、全員で睡眠薬を飲んだんだ」

「そうかな……」

「君は、私の判断にけちをつけたいのか?」

「間違いを犯したくないだけだ」

「つまり、私が間違っていると言いたいんだ」

川那部は明らかに意地を張っている。

相手が赤城だからだと百合根は思った。ほかの者が言ったのなら、薬物の検査くらいで目くじらは立てないだろう。

百合根が間に入ろうとしていると、青山が言った。

「たしかに自殺に見える。でも、この部屋、何なんだろう」

川那部が青山のほうを見た。

「何だって?」

捜査員たちも青山に注目した。

百合根も青山の顔を見ていた。

「人が生活していた様子がない。生ゴミもなければ、古新聞や雑誌の類もない。妙に整然としている」

綾瀬署の塚原が言った。

「その点についちゃ、俺も気になっていた」

青山は言った。

「それに、あの目張りのテープね。ずいぶん雑じゃない？　慌てて張ったように見えるよ。テープから指紋出た？」

　指紋検出を担当していた鑑識係員がこたえた。

「いや。指紋は出ない」

「それって、不自然じゃない？」

　菊川が思案顔で言った。

「たしかにちょっと妙だな」

　綾瀬署の塚原が言った。

「……てことは、他殺の線も否定しきれないということか……」

　川那部は押し黙った。

　彼は、あらためて部屋の中を見回した。青山の指摘した事実が気になりはじめたに違いない。

　百合根は川那部に言った。

「自殺にしても、単なる自殺じゃありません。集団自殺となると、事件性もあります。念のため、解剖に回してはいかがでしょう」

　川那部は思案している。

　一度出した結論を覆すのが屈辱だと思っているのかもしれない。川那部はそういう男だ。体面を重視するのだ。

　やがて川那部は言った。

「いいだろう。たしかに事件性があるかもしれない。だが、自殺は自殺だ」

　それだけ言うと、彼は手袋を外し、部屋の出口に向かった。

2

「四人の身元の確認が取れた」

塚原が言った。

現場の初動捜査の翌朝、STのメンバーと菊川は、綾瀬署の小さな会議室に案内されていた。

「園田健、十九歳、吉野孝、二十歳、田中聡美、十九歳、須藤香織、二十一歳」

塚原は、淡々とメモを読み上げた。

綾瀬署でこの事案を担当するのは、塚原と西本という若い刑事の二人だけだった。

塚原と西本は、いつも組んで仕事をしているらしい。西本は三十歳になるかならないかだが、すでに一人前の刑事の面構えをしていると百合根は思った。

綾瀬署という最前線で鍛えられたからだろう。

塚原は、背広にノーネクタイだ。西本は薄手のジャンパーを着ていた。

「それで……」

菊川が尋ねた。「その四人のつながりは？」

「まだわからん」

塚原はそっけなく言った。

「自殺に関するホームページとかで知り合ったんじゃないのか？」

「その種の情報はまだない」

「あそこは分譲マンションか？」

「そうだ。築二十年の中古マンションだな」

「部屋の持ち主は？」

「不動産屋で確認したところ、阿久津昇観という男らしいが、まだ本人に確認は取れていない」

「ほう……。阿久津昇観……」

山吹が言った。

塚原が上目遣いに山吹を見た。

皆が一斉に山吹に注目した。百合根が代表して尋ねた。

「知っている人ですか？」

「名前だけは……。同じ分野の人間ですから……」

塚原が上目遣いに山吹を見たまま尋ねる。

「警察の人間ということか？」

「いえ、坊主です」

「坊主……？」

「はい。宗派は知りませんが、団体を持っていて、精神的な救済活動をやっていると聞いています」

塚原が、さらに尋ねる。

「精神的な救済活動？　なんだか、新興宗教みたいに聞こえるな」

「似たようなものでしょう」

「でも……」

百合根は言った。「お坊さんなら、精神的な救済をするのは当然でしょう」

「本来、坊主はそんなことはしません」

山吹はあっさりと言った。

「大衆を救うというのが、大乗仏教なんじゃないのですか？」

「救うのは坊主じゃありません。仏法が救うのです。坊主は釈尊が説いた法を伝えるだけです」

「そんなことはどうでもいい」

菊川がしかめ面で言った。

「いや、おもしろいじゃねえか」

塚原がぼさぼさの髪をかき上げた。「つまりは、阿久津昇観という野郎は、インチキだってことか？」

「実際に僧籍を持っているかもしれません」

「坊さんの本当の役割ってのは、何なんだ？」

「修行することです」

「修行してどうなる？」

「心の平安を得ようとします」

「どうすれば、心の平安が得られる？」

「捨て去ることです」

「何をだ？」

「何もかも」

「何もかも？」

「そう。それが出家です。金や家屋敷も捨て、肉親も捨てる。捨てて捨てて、己も捨てる。最後には捨てようという思いさえも捨てる。そうなれば、心は穏やかになる」

「空っぽじゃねえか」

「そう。それが理想です」

「だが、現代の坊主は金の亡者ばかりじゃないか。京都あたりに行くと、歓楽街は坊主でもっていると聞くぞ。葬式を出せば、高い戒名代を取られる。盆が来りゃ稼ぎ時と駆けずり回る」

「仏道が宗教になってからのことですな。土着の先祖崇拝と仏道が結びついた結果です」

「どういうことだ？」

「御仏の教えは厳密にいうと宗教ではありません」

「仏教が宗教じゃないって？　じゃあ、何なんだ？」

「黒崎さんがやっている武道なんかが近いですかね？　言ったでしょう、修行がすべてだって」

「法力とか霊験とかはどうなるんだ？」

「たいていはインチキですよ。しかし、厳しい修行を続けていると、眠っていた能力が目覚めることはあるでしょう。人間は、死ぬまで脳の三割ほどしか使わないといいます。修行によって残りの部分が活性化すると、いわゆる超能力のような現象が起きるかもしれない。でも、それは、黒崎さんがやっている武道でも同じことでしょう。武道の達人は、普通の人から見れば超能力を持っているのと同じです」

「いいかげんにしろよ」

　菊川が苛立った様子で言った。「とにかく、その阿久津とかいうやつに会いに行くのが先決だろう」

　塚原がにやりと笑った。

「相変わらず、余裕がねえなあ、おまえさん」

「ああ、ねえよ。刑事なんて、みんなそうだろう」

「俺は、この警察署でずいぶん学んだよ。警察の仕事は長距離走だ。全速力で走り続けていちゃ、もたねえ」

「とにかく」

菊川は苛立ちを募らせているようだ。「その阿久津というやつが所有している部屋で、四人の若者が死んだ。阿久津を洗う必要がある」

「わかってる。行ってみよう。坊さん、あんた、付き合ってくれ」

「私がですか？」

「そうだ。同業者だろう。何かと参考になるだろう」

「あ、僕も行く」

青山が言ったので、百合根は驚いた。

いつものとおり、やる気のなさそうな顔をしていたのだ。

「あんた、心理学の専門家だったな」

塚原が言った。

「そう」

「役に立つかもしれんな。いいだろう。来てくれ」

「あ、僕も同行します」

百合根は慌てて言った。

青山がとんでもないことをやらかさないように監視する必要があると思った。

「じゃあ、警部殿も俺といっしょに鑑取りということで……。菊やんは、うちの西本と現場付近の聞き込みを頼む。医者の先生たちは、鑑識の報告を待ってくれ」

「わかった」

赤城が言った。「俺に任せろ」

黒崎が無言でうなずいた。

「あたしは、もう一度現場を見てみたい」

翠が言った。

塚原は、まぶしそうに翠を見ていった。

「じゃあ、菊やんといっしょに現場に行ってくれ。さあ、尻に根が生えないうちに出かけようぜ」

西本が翠のほうを見て、ちょっとうれしそうな顔をした。いっしょに出かけられるのがうれしいのだろう。

男なら誰だってそうだろうと、百合根は思った。

菊川も西本の表情に気づいたようだ。菊川は、その瞬間にいつもよりずっと不機嫌そうな顔になった。


塚原たちが調べた阿久津昇観の住所は、自宅ではなく、彼の主宰する団体の所在地だった。

「苦楽苑」という名のこの宗教法人は、代々木上原にビルを構えている。四階建てで、決して大きなビルではないが、すべてのフロアを苦楽苑が占めている。

「どうやら、自前のビルのようだ」

一階の出入り口の前に立ち、ビルを見上げて塚原が言った。「さすがに宗教法人だな。でなきゃ、こんないい場所にビルなんか持てない」

ビルは山手通りの西側にあり、商店街から少し外れた路地に面している。

周りは住宅街で、なかなか住み心地がよさそうな一帯だと、百合根は思った。

「宗教法人といっても、いろいろでしてな……。金のないところは、いくらでもあります」

山吹が言った。

「けど、税金がかからないんだろう？」

「収入がなければ、どんな団体だって税金はかかりません」

「俺が言ってるのは、大金を儲けて、なおかつ税金を払っていない連中のことだ」

山吹は何もこたえなかった。穏やかな表情のままだが、気分を害しているのかもしれないと、百合根は思った。

山吹が腹を立てているところを一度も見たことがない。

だが、山吹だって人間だ。面白くないことや気に障ることがあるだろう。ただ、それを表に出さないだけではないかと、百合根は思っていた。

塚原が出入り口のドアを開けながら、山吹に言った。

「あんたが、今日は作務衣や袈裟を着てなくてよかったよ」

「袈裟は着るものではなく、かけるものでして……」

ドアを開けると、ちょっとしたホールになっていた。窓がないのでわからなかったが、ゆったりとしたソファとテーブルが三組置かれている。

照明は明るすぎず暗すぎず、居心地がよさそうだった。

青山は何も言わず、そのホールの中を見回していた。

町病院の受付のような窓口があった。

塚原が窓口に近づくと、すぐに若い女性が顔を見せた。化粧っけのない地味な感じの女性だった。

服装は、セーターにジーパン。こちらも地味だった。

彼女は塚原に笑顔を向けた。なんだか、無理をしているような笑顔だった。

塚原が警察手帳を開いて、身分証とバッジを見せると、その笑顔はさらに不自然なものになった。

「あの、ご用件は……？」

「阿久津昇観さんにお会いしたいのですが」

受付の若い女性は、百合根と山吹に視線を走らせた。

「少々お待ちください」

しばらく待たされた。

やがて、別の女性が受付の前に姿を見せた。三十歳前後の痩せた女性だ。こちらも地味な印象があった。

長い髪を後ろで束ねていた。白いブラウスに紺色のカーディガン。膝より少し長いゆったりとしたスカートをはいている。

「当主の部屋へご案内します。こちらへどうぞ」

百合根たち四人は、彼女について階段を昇った。

どうやら、このビルにエレベーターはないらしい。

四階まで階段を昇ると、塚原は少しばかり息を切らしていた。

重々しい木製のドアが目の前に現れた。重厚な光をたたえている。おそらく高価な材質なのだろうと、百合根は思った。

「こちらです」

紺色のカーディガンの女性はそう言うと、ドアをノックした。ノックの音が板の厚みで吸収された。かすかな音しかしなかった。

「どうぞ」という声に促されて、カーディガンの彼女がドアを開けた。

ドアの向こうは、思ったよりずっと質素だった。

入って右側の壁は書棚になっていた。ぎっしりと本が並んでいる。

左側には、ファイルキャビネットがあった。正面に出入り口のほうを向いて机が置かれている。

机の上にはパソコンがあった。液晶ディスプレイの省スペース型だ。

窓を背にして、その机に向かっているのが阿久津昇観だった。

思ったより若い男だった。三十代の半ばだろうか。百合根は思った。

想像していたタイプとは違う。宗教家を名乗り、教団を組織しているというから、もっと怪しげな男を想像していた。

実際の阿久津昇観は、一言でいうと学者タイプだった。

僧侶だというが、剃髪(ていはつ)もしていない。髪はどちらかというと長いほうだ。服装もいたって普通だった。

茶色のトックリ・セーターを着ている。縁(ふち)なしの眼鏡をかけていた。彼は、百合根たちを見ると立ち上がった。するとジーパンをはいていることがわかった。

およそ宗教団体の教祖というイメージではない。

「こちらから警察に連絡しようと思っていたところです」

阿久津昇観は、深刻な表情で言った。「ニュースで見ました。四人の若者が集団自殺したと……。それが、私の足立区のマンションの部屋だと知り驚きました」

塚原が言った。

「テレビや新聞では、現場の住所までは公表していないはずです。現場に行かれたのですか？」

「不動産屋から電話があったのです。警察の方が部屋の持ち主を調べに行ったのでしょう？」

塚原はうなずいた。

「とにかく、おかけください」

阿久津昇観は、部屋の中央から左寄りにある、小さな応接セットを指し示した。ソファがL字型に並んでおり、阿久津のほうから座った者全員の顔が見える。

塚原がまず腰を下ろし、続いて百合根が、次に青山が、そして最後に山吹が座った。

塚原が質問した。

「あの部屋は、あなたのお住まいですか？」

「いいえ、違います。私は、ここに住んでいます」

「ここは、教団のビルじゃないんですか？」

「教団？　ああ、苦楽苑のことですか？　そうです。ここは苦楽苑のビルです」

「そこにお住まいになっているというのは、税金の面とかで、なかなか面倒なんじゃないですか？」

「なぜです？」

「宗教法人は税金がかからない。だが、住居にしているとなると、固定資産税やらなんやらがかかってくる可能性がある」

「僧侶は寺に住んでいますし、禰宜（ねぎ）や神官（しんかん）は神社に住んでいます」

「なるほどね。ここは、あなたのお寺と同じということですか」

「そうです。ご本尊（ほんぞん）を祀（まつ）っていれば、そこはれっきとした寺院ですよ」

「では、足立区のマンションは何の目的で買われたのですか？」

「分院を作る予定でした」

「分院？　苦楽苑の？」

「そうです」

「ほかに分院はあるのですか？」

「いいえ。私どもは小さな団体です。初めて足立区に分院を作ろうとしていた矢先でした」

「鍵はいつも開けっ放しなんですか？」

「そんなことはありません。ちゃんと鍵をかけていますよ。もっとも、盗まれて困るようなものは、まだ置いていませんでしたが……」

「では、なぜあの四人があの部屋で死んでいたのでしょう」

「テレビや新聞では、亡くなった方の名前が報道されませんでした。もちろん、写真も公表されなかった。亡くなった方々の名前がわかれば、その理由もわかるかもしれません」

塚原はうなずいて、持参していたルーズリーフのノートを開いた。

彼はあの部屋で死亡した四人の名前を読み上げた。

百合根は、阿久津昇観の反応を観察していた。青山はぼんやりと、書棚を眺めている。

四人の名を聞くと、阿久津昇観は、悲しげに溜め息をついた。目を伏せて、痛みに耐えるような表情になった。

塚原が尋ねた。

「ご存じの方がおられますか？」

「四人とも知っています。うちの信徒です」

「ほう……」

阿久津昇観は、苦悩の表情だった。

「なんで自殺など……」

「信徒さんは、皆あそこの鍵を持っているのですか？」

阿久津昇観は、塚原の質問が彼の脳に届くまでしばらくかかったかのように、間を置いてから顔を上げた。

「いいえ。そんなことはありません」

「では、どうしてあの四人が部屋に入れたのでしょう」

「それは、調べてみませんと……」

「重要なことです。誰があそこの鍵を持っているか把握されていますか」

「ええ。もちろん」

「どなたがお持ちです」

「まず、私です。そして、ここにあなたがたを案内した山県（やまがた）が、持っています。彼女は、初期からの信者さんで、足立分院も彼女に任せようかと思っていたところです」

「つまり、足立分院の責任者というわけですか？」

「そうですね」

「フルネームを教えてください」

「山県佐知子（やまがたさちこ）です」

「他には？」

「それから……」

阿久津昇観は、ふと表情を曇らせた。「篠崎雄助（しのざきゆうすけ）という者が持っていますが……」

百合根は、阿久津昇観がその男のことをあまり話したがっていない様子なのに気づいた。

塚原も気づいたようだ。

「分院にするための部屋の鍵を持っていたということは、その篠崎雄助さんもこちらでは重要な立場だったのでしょうね」

「内弟子（うちでし）でした」

「内弟子？」

「出家してここで暮らしていたという意味です」

「出家……」

「熱心な信徒でしたが、理に走りすぎる嫌いがありまして……。ほんの一週間ほど前に、ここを出ていきました」

「つまり、あなたと対立なさったということですか？」

「意見の相違がありました。私は、むしろ歓迎すべきことだと思っていました。しかし、篠崎のほうは、そうは考えていないようでした」

「歓迎すべきこと？」

「ええ。無批判に私の考えを受け容れるのは、危険なことだと考えていましたから……」

「それは、宗教家の考え方ではないような気がしますが……」

阿久津昇観は、弱々しい笑みを浮かべた。

「私たちは、しばしばそういう誤解を受けます。一部のカルトの影響でしょう。たしかに、カルト集団は教祖の圧倒的なカリスマ性で成り立っています。それは作られたカリスマ性の場合もある。そういう連中に限って、自分の教えが絶対だという言い方をするのです。そして、信者に一切の批判を許さない。それは、正しい集団のあり方ではありません」

「でも、弟子が教祖の批判をしたら、宗教団体は成り立たないのではないですか？」

「それが誤解なのです。批判なしに受け容れたものは本物ではありません。批判は受けて立ちます。そして、相手を納得させる自信があります。批判を乗り越えてこそ、本当の理解が得られるのです。信じるということは、そういうことです」

塚原は、唐突に山吹のほうを見た。

「この意見、どう思う？」

百合根は、思わず塚原の顔を見ていた。話がそれている。そう感じた。

山吹は、あわてた様子もなくこたえた。

「正しいと思います」

「だが、キリスト教だってイスラム教だって、批判は許してはいないだろう。無批判に神を受け容れることが信仰なんじゃないのか？」

「一神教にはそういう側面はあります。キリスト教というのは、ユダヤ教のイエズス派。イスラム教も、ムハンマドという預言者が神の啓示を世に伝えたもの。つまり、当時は新興宗教だったのです。イエズスもムハンマドも神に対する絶対的な信仰を説きます。しかし、釈尊は違います。弟子の質問に対し、時には深い考察を述べ、時には、考えるヒントを与え、時には、謎かけをする。つまり、釈尊の教えは、宗教ではなく哲学なのです」

阿久津昇観は、興味深げに山吹を見た。

「失礼ですが、そちらの方は……？」

塚原に尋ねる。塚原は言った。

「本庁の科学捜査研究所の者です。科学特捜班、通称STのメンバー、山吹才蔵です」

「科学特捜班……。見たところ、ご同業のようだが……」

山吹は、ゆったりとうなずいた。

「はい。私も僧籍を持っております。実家が寺でしてね……。曹洞宗です」

「やはりそうでしたか」

塚原は阿久津昇観に尋ねた。

「あなたも、もともとは仏教なのでしょう？」

「今も仏教の僧侶のつもりですが」

「宗派は？」

「私は宗派というものを認めていません。釈尊の深い深い思考を、できるだけありのままに受け止めようと考えています」

塚原は尋ねた。

「つまり、原理主義ですか？」

「そう。本来の意味でいう原理主義ですね」

「しかし、僧籍を得るには、どこかの宗派で修行を積んで、得度（とくど）しなければならないのでしょう」

「ええ。臨済（りんざい）宗の僧籍を持っています」

「なるほど……」

塚原は腕を組んだ。「臨済禅は、公案（こうあん）をやりますな。『そもさん、説破（せっぱ）』だ。それで、批判を受け容れ、それを説得するという発想が生まれたんだ……」

妙なことを知っている。百合根はそう思った。そして、あっと思った。

綾瀬署にいるときから、妙だと思っていたのだ。塚原は、宗教に興味を持っているに違いない。ひょっとしたら、マニアかもしれない。

だから、話がどんどん横道にそれていってしまう。

「あの……」

百合根は言った。「それで、その篠崎さんとおっしゃる方は、どちらにおいでですか？」

その場の雰囲気が、さーっと冷めていくのがわかった。

塚原が白けた顔で百合根を見た。

阿久津昇観は、小さく咳払いをしてこたえた。

「わかりません」

百合根は尋ねた。

「住所とかは……？」

「ここに住んでいたのです。ここを出ていったのですから、どこに住んでいるかも知りません」

「どなたか、ご存じの方は？　特に親しかった方とか……」

阿久津昇観は、少しばかり困惑した表情を浮かべ、それからすぐに気を取り直したように言った。

「山県に訊いてください。信徒のことなら、たいてい彼女が知っています」

百合根は、その一瞬の戸惑いが気になった。内弟子だった男の行き先も知らない。そのことを恥じただけかもしれない。

だが、もしかしたら他の理由があるかもしれない。

青山が何かを読み取っていればいいが……。百合根はそう期待した。だが、青山は相変わらず書棚を眺めているだけだった。

塚原が、不機嫌そうにちらりと百合根を見た。興味深い宗教の話題に水を差されたのがおもしろくないのかもしれない。

百合根はなんだか悪いことをしたような気分になった。

「わかりました」

百合根は言った。「山県さんに訊いてみます」

塚原が、阿久津昇観に尋ねた。

「それで、亡くなった四人なんですが、どういう関係だったんでしょうね？」

ようやく捜査の話に戻ってくれたか。百合根はほっとした。

昇観がこたえる。

「信徒同士ですが、特にどういう関係だったのかは、私は知りません」

「それも、山県さんに尋ねたほうがいいでしょうかね？」

「ええ……」

阿久津昇観は、力なくこたえた。

「彼らは、あなたに何か悩みを打ち明けたりしませんでしたか？」

塚原がそう尋ねると、阿久津昇観は不思議そうな顔で塚原を見た。

「妙な質問だ。みんなそのためにここへ来るのですよ」

今度は塚原が意外そうな顔をした。

「悩みを打ち明けにですか？」

「そうです。信者は私に救いを求めています。私はそれにできるだけ親身になって対処する。現代では、それが宗教の大きな役割だと思っています」

塚原はしばらく考え込んだ。それから質問した。

「彼らは、どんなことに悩んでいましたか？」

阿久津昇観は、曖昧に首を傾げた。

「それは……。いろいろです。恋愛のこととか、仕事のこととか、将来のこととか……。一つ一つは小さなことですが、それが積もり積もるとこういう不幸な結果を招くこともある……。私の力が及ばなかったんです。新しい分院のための部屋で彼らが自殺したのは、私に対する怒りの表現なのかもしれない」

「怒り……?」

「救いを求める者は、こちらに救う力がなければ、ひどく失望し、怨みを抱くこともあります。特に若者はそうです」

「なるほど……。しかし、ひとつ問題がありましてね」

「問題?」

「私ら、この件を自殺と断定しているわけじゃないんです」

「どういうことです? テレビや新聞では集団自殺だと……」

「まあ、そういうことで落ち着くかもしれない。しかし、まだ、他殺の線も捨てていないのです」

阿久津昇観は、眉間に深くしわを刻んだ。

「他殺……。まさか……」

「いや、あくまでもその疑いがまだすっきりと晴れていないというだけでして……」

塚原は質問を終えた。ルーズリーフを閉じることでそれを示した。

百合根は、何かほかに尋ねることはないかしきりに考えていた。

「あの……」

百合根は言った。「最後に教団の規模とか、普段の活動について教えてもらえませんか?」

阿久津昇観はうなずいた。

「苦楽苑の設立は一九九五年。当初は小さなサークルのような活動でしたが、一九九七年に宗教法人化しました。現在の信者の数は約三百人。都内を中心に活動していますが、北海道や九州・沖縄にも信者がいます」

百合根はちょっと意外に思った。

「宗教法人になって、まだ六年ほどしか経っていないのでしょう。それなのに、全国に信者さんがおられるのですか?」

「インターネットがあります。教団のホームページへのアクセス数は、日を追って増えています」

「なるほど……。それで、日頃はどのような活動をなさっているのですか？」

「修行です。瞑想と対論がその中心です」

「瞑想と対論……」

塚原が割って入った。「つまり、禅定と公案ということですか？」

「禅定や公案というと形式が先に立ってしまいます。私どもは形式には縛られません。いつでもどこでも修行できる。それが、釈尊の教えだと考えております」

塚原は、また山吹に尋ねた。

「その点について、何か言うことがあるんじゃないのか？」

「いいえ」

山吹は言った。「阿久津さんのおっしゃるとおりだと思います」

「それ、本音か？」

「ただ、形式にも意味があります。儀式というのは、先達の智慧を誤らずに後世に伝えていくためのものです。長い年月を経ても、また幾多の世代を経ても、儀式や儀礼は驚くほど変化せずに受け継がれます。形骸化する恐れはありますが、ちゃんと理解さえしていれば、形式を学ぶ理由もあると、私は考えています」

阿久津昇観はうなずいた。

「私が死んだあとのことを考えると、ある程度の形式化されたシステムのようなものを残す必要もあるかと思います。しかし、『苦楽苑』はまだ誕生したばかりです。今は、形にこだわるよりも、まず本質を追究することを考えたいと思っています」

百合根は山吹の表情をうかがった。穏やかな顔つきは変わらない。

青山は、今度は阿久津の机の上を眺めている。彼は、なぜ聞き込みについてきたいなどと言ったのだろう。

百合根は訝（いぶか）しく思った。

「ほかに何か、ご質問は？」

阿久津昇観が百合根に言った。百合根は尋ねた。

「悩んだ末に自殺したい、などと言ってくる信者さんは、おられますか？」

「それはもう……」

阿久津昇観は、平然と言った。「今の若い人の中には、簡単に死にたいと言う人がいますからね」

百合根はうなずいた。

突然、青山が言った。

「自殺したいという人には、どんなことを言ってやるの？」

「どの信徒さんにも、同じです。まず、自己を知ること。そのためには、自分だけを見つめていてはいけません。他人がいるから自分の価値がわかる。だから、対論が必要なのです。そして、瞑想によって歪んだ思考を少しずつまっすぐにしていきます」

「歪んだ思考？」

青山が聞き返した。

「そう。現代の特徴のひとつは、情報が氾濫しているということです。マスメディアやインターネットで膨大な量の情報にさらされている。そうしたメディアは、ほんの数十年の間に発達しました。新聞とラジオだけで育った世代は、その異常性に気づいています。しかし、生まれたときからテレビがあり、物心（ものごころ）ついたときにはインターネットがあった世代にとっては、それが異常だとはわからないのです。だから、自分自身の判断ができなくなる。今の若い人の特徴のひとつは、自分自身で物事を考えることができないという点なのです。思考力の成熟が周囲の情報についていけていない。瞑想は、一時的にそうした情報を遮断（しゃだん）することにもなります。そして、本来の思考力を訓練するのです」

「なるほどね……」

青山は言った。

「今の多くの若者は、本を読みません。本を読むということは、前頭葉を発達させるのだそうですね。前頭葉は理性を司ります。前頭葉が未発達な若者は、情緒が欠落し想像力にも乏しい。これは、若者の責任ではありません。そういう世の中を作った者たちの責任です。本人たちはどうしようもないんです」

百合根は、阿久津昇観が急に饒舌になったと感じていた。

おそらく、青山の質問が彼のツボをついたのだろう。

青山がさらに尋ねた。

「あなたはずいぶん本を読むようだね?」

「ええ。読書は趣味でもあります」

「ふうん。趣味……」

「趣味というか、行のひとつですね。読書には訓練が必要です。本を読むという行為自体が精神的な訓練になるのです。読書に慣れない人は、なかなか集中できずに、同じ所を何度も読み返さなければならないでしょう? 読書に慣れた人は、すぐに文字の世界に没頭できる。それは瞑想と相通ずるところがあります」

「つまり、本を読むということは、自分自身の思考力に見合った情報を得られる手段だということ?」

「本に限らず、新聞でもいい。人間は何千年にもわたって文字文化の中にいるのです。いまだに私たちは、文字の文化の中にいます」

「インターネットの掲示板もメールも文字だよね」

「え……?」

「若者がさらされている膨大な情報の多くの部分は、文字なんだよ。彼らは、直接ケータイで話をするより、メールのやり取りを好む。その点はどう考えているの?」

「インターネットの掲示板やメールは、書物とは違います」

「どこが違うのかな?」

「細切れの情報だということです。そこに書かれているのは、まとまった文章ではない。まとまったボリュームを読みつづけることが、訓練になるのだと思います」

「へえ……」

青山はそう言ったきり、黙り込んでしまった。興味を失ったのかもしれない。

塚原が百合根を見た。

まだ訊くことがあるのかと、無言で尋ねているのだ。

百合根は、阿久津昇観に言った。

「お忙しいところ、お時間をいただいてありがとうございました」

塚原が付け加えた。

「また、お話をうかがいに来るかもしれません。そのときは、よろしく」

3

百合根たちは階段を下っていた。

「阿久津さんの話を聞いて、何かわかりましたか？」

百合根は小声で青山に尋ねた。

「別に……」

「でも、いろいろと質問していたじゃないですか」

「僕が質問したのは、二つだけ。自殺したいという人に何を言ってやるのか、そして、インターネットの掲示板やケータイのメールも文字情報だけど、その点はどう考えるのか。この二点だよ。いろいろな質問なんてしてない」

「何か目的があって質問しているのかと思ったんです」

「目的なんてないよ。疑問に思ったから訊いてみただけだ」

いつものことだが、肩すかしを食らった気分だった。

まあいい。

青山のことだから、そのうち何か見つけ出してくれる。百合根はそう信じることにした。
一階の受付で、塚原が山県佐知子に話を聞きたいと申し入れた。

山県佐知子は、落ち着き払った態度でやってきて、四人を奥にあるブースのひとつに案内した。防音措置が施されたブースが並んでいた。まるで、録音スタジオのようだと百合根は思った。

おそらく、そこは瞑想の場であり、対論の場なのだろう。

中に入ると、ちょうど取調室ほどの広さだ。だが、居心地は取調室よりずっといい。

山県佐知子も、事件のことは知っていた。四人の信者が、分院にする予定の部屋で死んでいたことも知っている。
塚原は、死んでいた四人の名前を彼女に告げた。

山県佐知子は、眉をひそめた。
何を言われたのか、理解できない様子だった。彼女の表情がゆっくりと変化していく。
塚原の言葉が彼女の頭脳ではっきりとした意味を持ちはじめる。それにつれて、驚きの表情となった。

目を大きく見開き、口が半開きになる。
きれいな歯並びをしていた。化粧っけがなく地味な髪型をしているので、気づかなかったが、美しい顔立ちをしている。

美しさというのは、いかに曖昧な印象であるかを、百合根はあらためて思い知った。

青山のような圧倒的な美しさというのは、この世の中ではむしろ稀(まれ)なのだ。特に、人間の美醜は個人的な好みに左右される。

山県佐知子の美しさは、人の眼を引く類のものではない。気がつかなければ通り過ぎてしまうほどはかなげなものだ。

だが、たしかに彼女の目鼻立ちは美しかった。細い鼻梁（びりょう）に切れ長の目をしている。肌は、白くきめが細かい。

「亡くなったのは、あの四人なのですか……」

彼女はようやく口を開いた。何かの間違いであってほしいと祈っているような口調だ。

塚原はうなずき、事務的に言った。

「間違いありません。四人はこちらの信者さんなのですね？」

山県佐知子は、驚きの表情のままだった。ややあって、彼女は問いにこたえた。

「ええ。そうです。苦楽苑の信者です」

彼女は過去形でこたえなかった。

まだ、彼らが死んだという実感がないのだろう。

「四人は仲がよかったのですか？」

「ええ……」

彼女の表情が曖昧になった。

おや、と百合根は思った。何か隠しているようにも見えたのだ。

塚原の質問が続いた。

「彼らはここで知り合ったのですか？」

「まあ、そういうことになると思います」

「はっきりしないおこたえですね」

「園田さんと吉野さんはもともとお友達だったようです。最初に吉野さんが信者になられて、園田さんをお誘いになったのです」

百合根は、メモを見て確認した。

園田健と吉野孝の二人だ。園田健は十九歳。吉野孝は二十歳だ。

山県佐知子は続けて言った。

「田中さんと須藤さんは、二人でこちらにいらっしゃいました。会社の同僚だったとかで……」

田中聡美、十九歳と須藤香織、二十一歳だ。会社では先輩後輩の仲だろうか。

「彼らはどういう関係でしたか？」

山県佐知子は、再び眉をひそめた。

「どういう関係？」

「ええ。男性が二人に女性が二人。特に親しい間柄だったとか……」

「どうでしょう……。もし、そういうことがあっても私にはわかりかねます」

塚原は、警察官として訊くべきことを訊いた。

男女が同数。男女関係を疑って当然だ。

そしてまた、山県佐知子のこたえも当然だと、百合根は思った。苦楽苑は、修行の場だと阿久津昇観は言った。

そういう場所で、おおっぴらに男女交際を臭わすとも思えない。

「彼らは同じ部屋でいっしょに死んでいたのです」

塚原が言った。「特別な関係にあったとしてもおかしくはない」

「たしかに、彼らはグループで行動することが多かったようです」

「グループ交際ということでしょうか？」

「彼らは、五人グループでした」

「五人……？」

「はい」

「では、彼らの仲間がもう一人いたということですか？」

「ええ」

「その方のお名前は……？」

「町田智也さんといいます」

「年齢は？」

「たしか、園田さんと同じ……。十九歳だったと思います」

「住所はわかりますか？」

「ええ。事務所に行けば……」

「教えていただけますか？」

山県佐知子は、一瞬戸惑いを見せたが、すぐに言った。

「お待ちください」

彼女は部屋を出て行った。

塚原は、宙を眺めて何事か考えている。百合根は言った。

「五人グループのうち、四人が死んだ……。これ、どう思います？」

「あ……？」

塚原は、不意をつかれたように百合根を見た。

「一人だけ生きているわけでしょう？」

「つまり、警部殿は、犯罪性を疑っているのか？」

塚原も菊川のまねをして、百合根を「警部殿」と呼びはじめていた。

「いや、別に疑っているというわけじゃないんですが……」

「なんだ、拍子抜けだな。少しは切れるのかと期待しかけたんだがな……」

「え……？」

「疑って当然なんだよ、刑事なんだからな。おっと、警部殿は刑事じゃなかったっけ？」


百合根は、ばかにされていると感じた。

「捜査に予断は禁物です。そうでしょう」

「だが、疑うことは捜査の第一歩なんだよ」

「見かけで判断しちゃだめだよ」

突然、青山が言った。

塚原は、青山を見た。

「何のことだ？」

「キャップのことだよ」

「キャップ？　警部殿のことか？」

「そう。キャップの直感はあなどれない」

「ほう……」

塚原が無遠慮に百合根を見た。百合根は、居心地が悪くなった。

そこに山県佐知子が戻ってきたので、百合根はほっとした。

「これが住所と電話番号です」

彼女は、メモ用紙を塚原に渡した。

塚原はそのメモを見て言った。

「世田谷区梅丘一丁目……。電話番号は、携帯のだな……」

塚原はメモを百合根に差し出した。百合根はそれをノートに書き写すと、メモを返した。

「会いに行かれるのですか?」

山県佐知子が塚原に尋ねた。

塚原はうなずいた。

「ええ。行きます」

「そっとしておいてやるわけにはいかないのですか?」

「そっとしておく……?」

「集団自殺のことは、ニュースで知っているでしょう。その四人が、親しかった信者だと知ったら、ショックを受けるはずです」

「話を聞かなければなりません」

山県佐知子は、目を伏せた。

塚原はさらに言った。

「篠崎雄助さんについてお尋ねしたいのですが」

「篠崎が、四人の自殺に何か関係があるのですか?」

「わかりません。だから調べているのです。あの部屋の鍵を持っているのは、三人だけ。阿久津さんとあなたと、そして篠崎雄助さんだけですね?」

「そうです」

「篠崎さんは、失踪されたそうですね」

「失踪?」

「ここを出て行かれたとか……」

「はい。でも、失踪というのはおおげさです」

「阿久津さんと対立されたとか……」

「意見の相違があって、苦楽苑を出られたのです。それだけのことです」

百合根が尋ねた。

「入信したり、教団を辞めたりするのは自由なのですか?」

「もちろんです。わたしたちは、カルト集団ではありません」

塚原が尋ねた。

「篠崎さんの居場所はわかりますか?」

山県佐知子は、かぶりを振った。

「残念ながらそれは……」

「ここを出て行かれてからは、連絡がないのですね?」

「はい」

「ここを出るときに、足立区のマンションの鍵は置いていきましたか?」

「私は確認していません」

「誰に訊けばわかります?」

山県佐知子は、しばらく考えてからこたえた。

「私が知らないということは、おそらく誰も知らないでしょう。篠崎は鍵を持ったままだと思います」

「出て行くときに、誰も鍵を渡せとは言わなかったのですか?」

「言わなかったでしょう。誰も鍵のことなど気にしなかったと思います」

「特に篠崎さんと親しかった方は?」

「篠崎は、苦楽苑創設の頃からの信徒です。一番親しかったのは、当主です」

「つまり、他の信者さんより偉かったということですか?」

「信徒の間に上下関係はありませんが、修行が進んでいたという意味では、そうです。当主に一番近い立場におりました」

「あなたも、教団内では上の立場ですね?　なにせ、足立の分院を任されることになっていたのでしょう?」

「もし、篠崎がここを出ていかなければ、当然、篠崎が分院の責任者になっていたでしょう」

「あなたも篠崎さんとは、親しかったのですね?」

「ええ。長い間いっしょに修行してまいりましたから……」

「あなたも内弟子なのですか?」

「いいえ。私は在宅の信徒です。当主はまだ女性の内弟子を認めてはいません」

「そのほかに親しかった方は……」

「特には思い当たりません」

「篠崎さんから連絡があったら、すぐに知らせてください」

「あの……」

山県佐知子は、遠慮がちに言った。「自殺なのに、そんなに詳しく調べるのですか？」

「調べます」

塚原は言った。「それが仕事なんです」

苦楽苑のビルを出ると、百合根は塚原に言った。

「篠崎雄助は、阿久津昇観の内弟子で、教団の幹部だったわけですよね」

「それがどうしたんだ、警部殿」

「熱心な信者だったということです。それなのに、教団を出て行った。阿久津昇観も山県佐知子も単なる意見の対立だと言ってましたが、そうとうに激しい対立だったんじゃないでしょうか？」

「そうかもしれんな……。だが、それが四人の死とどういう関係がある？」

「さあ、それは……」

百合根は、押し黙った。

たしかに、阿久津昇観と篠崎雄助が激しく対立していたとしても、四人の死とは関係ないかもしれない。

自分がひどくつまらないことを言ってしまったように感じていた。

すると、山吹が言った。

「教団内の派閥争いが、四人を絶望させるということもあるかもしれません」

塚原が山吹を睨んだ。

「派閥争いで、どうして絶望するんだ？」

「信者は救いを求めて阿久津昇観のもとにやってくるのでしょう。精神的にひどく不安定な状態なのです。それなのに、阿久津昇観がみにくい派閥争いを演じていたら、この世を悲観しても不思議はありません」

「ふん。どうかな……」

「あるいは、派閥争いに何らかの形で巻き込まれたのかもしれません」

「殺人ってことか?」

「その可能性もあるのでしょう?」

「ゼロじゃねえが、可能性は低いと思う」

「激しい対立なんて、なかったかもしれないよ」

青山が言った。

塚原が尋ねた。

「どういうことだ?」

「一時期に過度に物事に熱中すると、短時間で冷めてしまうことが往々にしてある。人間ってのは、そんなに関心や興味が持続するもんじゃないんだよ」

「じゃあ、飽きたから教団をやめちまったというのか?」

「内弟子になるってことは、それまでの日常生活を捨て去るってことでしょう。当然、リスクはある。物事に熱心な人というのは、無意識のうちにその見返りを期待している。早く結果を得たいというタイプが多いんだ」

「山県佐知子についてはどう思う?」

塚原が尋ねた。「分院を任されるほど、阿久津昇観の信頼を得ているようだが……」

「女性の場合は、男女間の感情が絡んでいる場合が多い」

「恋愛感情ってことか?」

「それもある。でも、家族関係に起因するコンプレックスの場合もある。女性は、自分が帰属する集団に、擬似的な家族関係を求める傾向がある」

「山県佐知子は、阿久津に男性的な魅力を感じているということか?」

「そうだと思うよ」

「篠崎雄助が、苦楽苑を出て行ったのは、山県佐知子を巡る阿久津昇観との三角関係が原因だった可能性もあるな……」

百合根は、その言葉にびっくりした。

たしかにあり得ない話ではない。しかし、そこまで勘ぐる必要があるのだろうかと思った。

「しかしな……」

塚原が独り言のような口調で言った。「ネットで知り合った相手と集団で自殺をするような世の中だ。宗教団体で知り合った若者が集団自殺しても不思議はないな……」

「死んだ四人が、苦楽苑の信者だったことが発表されれば、マスコミは、ここに殺到しますね」

「時間の問題だな。警察発表がなくても、ぼちぼち嗅ぎつける頃だ。宗教団体と集団自殺。マスコミが喜びそうなネタだ」

百合根はうなずくしかなかった。塚原が訊いた。

「あいつは、傷ついたように見えたか？」

「え……？」

「阿久津昇観だよ。自分んとこの信者が集団自殺した。つまり、悩みをかかえた信者を救えなかったんだ」

「どうでしょう……」

百合根は山吹を見た。山吹は無言で足元を見ている。青山も何も言わなかった。

4

町田智也は、梅丘にあるアパートで一人暮らしだった。住宅街の中にある古いアパートだ。二階建てで、外見は民家と変わりない。一階に大家が住んでいる。

大家の家の玄関とは別に階段があり、そこがアパートの入り口になっている。

町田智也の部屋は、階段を上がって二つ目だった。ノックをすると、すぐに返事があった。

「警察です」

木製のドアが少しだけ開いた。

その隙間から不安げな眼がのぞいた。

「町田智也さんですね？」

塚原が警察手帳を開いて、バッジと身分証を見せた。

ドアの隙間は狭いままだ。その向こうに小心そうな若者の顔がある。髪は染めていない。長くも短くもなく、特徴のない髪型だ。

もっとも、チャパツや金髪、ロンゲが行き交う町中では逆に目立つかもしれない。

「警察……？　何ですか？」

不明瞭な発音だった。怯(おび)えているようにも見える。

「足立区のマンションで、四人の若者が死んだニュースは知っていますか？」

塚原が尋ねた。

「テレビで見ましたけど……」

塚原は、亡くなった四人の名前を告げた。

その名前を聞くうちに、町田智也の顔に驚きが広がっていった。

不審げに眉間にしわが寄り、口が半開きになっていく。山県佐知子と似たような反応だと、百合根は思った。

「この四人をご存じですね？」

塚原が尋ねると、反射的に町田智也はうなずいた。

「四人とは、どのような関係でしたか?」

「園田は大学の同級生です。吉野さんとは、もともと園田がネットで知り合い、その後、僕もオフ会に行って知り合ったんです」

「オフ会?」

「ネット仲間の集まりです。オフラインの会のことです。つまり、ネット以外のところで会うことで……」

「田中聡美さんや須藤香織さんともお知り合いですね?」

「ええ……」

「どういうお知り合いですか?」

「その……。ちょっとしたサークルみたいなところで」

「どんなサークルです?」

町田智也は、言葉を探している様子だ。

会話をしているうちに徐々にドアが開いていった。今では、彼の服装がはっきりと見て取れた。

深緑の毛糸のセーターを着ている。丸首の襟元からチェックのシャツの襟がのぞいている。ジーパンをはいていた。

刑事に質問されたときに、最初からはっきりと具体的なことをこたえる者は少ない。

たいていは、曖昧な言い方をして刑事にさらに追及される。百合根は、それを経験として学びつつあった。

うまいこたえが見つからないといった表情で、町田智也は言った。

「ある宗教みたいなもんです」

「宗教団体ですか?」

「ええ。まあ、そうです」

これも曖昧なこたえだ。

「何という団体ですか?」

塚原は、明らかな事実を町田智也自身の口から聞こうとしている。もし、ここで、町田智也が違うことを言ったら、彼は何かの理由で嘘をついているということになるのだ。

「苦楽苑といいます」

町田智也は嘘をつかなかった。

「阿久津昇観さんが主宰している団体だね？」

「そうです」

「詳しく話が聞きたいんですがね……」

町田智也は、一瞬迷ったような顔をみせた。それから、寒そうに肩をすぼめると、どうぞと言った。

狭い部屋だった。1Kの間取りだ。ドアを入るとすぐに台所があった。ドアの脇が流し台だ。

その奥にフローリングの部屋がある。その部屋のほとんどはベッドに占領されている。

突き当たりの壁にはスチール製の棚があり、テレビやビデオデッキ、ゲーム機などが収まっていた。

部屋は散らかっていた。雑誌や衣類が散乱している。ベッドは乱れたままだ。青山が喜びそうな部屋だと百合根は思った。

青山は、秩序恐怖症だ。整理整頓された場所を極端に嫌う。

本人の弁によると、それは極端な潔癖性の裏返しなのだそうだ。

奥の部屋に小さなテーブルがあるが、とてもそこに全部の人間が入りきれるとは思えなかった。

暖房はエアコンのようだ。奥の部屋は温かい。台所は、冷え冷えとしていた。

台所に立ったまま話を聞くしかなかった。ドアを閉めてしばらくすると、奥の部屋の暖気が台所をも包みはじめた。

「四人とは仲がよかったそうですね」

「あの……。本当に、自殺したのはその四人なんですか？」

「間違いありません」

「信じられないな……」

町田智也は、半ば茫然としている。

無理もないと、百合根は思った。親しかった友人が四人いっぺんに死んでしまったのだ。

「お気持ちはお察ししますが……」

塚原が言った。「こちらも、いろいろと調べなければなりませんので……」

町田智也は、辛うじて自分を保っているといった様子だった。

塚原が質問を始めた。

「最近、あの四人の様子はどうでしたか？」

「どうって……？」

「何か変わった様子はありませんでしたか？」

「変わった様子？　いえ、別に……」

「自殺をほのめかすとか、あなたに何か相談したとか……」

「それはしょっちゅうですから、別に変わったことじゃないです」

百合根は思わず塚原の顔を見ていた。塚原も百合根を見ていた。

「具体的には、誰がどんなことを言っていました？」

塚原が、町田智也に眼を戻して尋ねた。

町田智也は、どうこたえていいかわからない様子だった。

「ええと……、あの……」

「自殺のことを話題にしていたのは、誰ですか？」

「みんなです」

「みんな……？　つまり、全員が自殺の話をしていたということですか？」

「はい」

「例えば、どんなことを話していたのですか？」

「死ぬには、どうやったら一番楽か、とか……」

「それは誰が言いだしたのです？」

「誰って……。わかりません。なんとなく、そういう話題になって……」

「なんとなく、自殺の話なんかするもんかね……」

塚原が、つぶやくように言った。

「吉野さんは、ケータイで自殺スレなんかに書き込みしてました」

「自殺スレ……？」

「ホームページの自殺スレッドです。掲示板ですよ」

「そういえば、自殺に関連したホームページで知り合った若者たちが、集団自殺したという事件がありましたね……。あれも、炭火を使った一酸化炭素中毒でした。あの事件に影響されたということですか？」

「あのくらいのこと、誰だって考えますよ」

町田智也は、あっさりと言った。

まるで、自殺の方法をあれこれ考えるのが当然のことのような口ぶりだ。

「あなたたちは、たいてい五人で行動していたようですね？」

町田智也の眼に警戒の色が浮かんだ。

「いつもいっしょだったわけじゃありません」

「でも、苦楽苑にいるときはいっしょだった。そうでしょう」

「誰がそんなことを言ったんです？」

「誰が言ったかは問題ではありません。事実かどうかうかがいたいのです」

刑事は、被尋問者からの質問にはこたえないものだ。百合根は、それが刑事のテクニックの一つだということを知っていた。

警察官は、曖昧な返答は許さないが、相手の質問はたいていはぐらかす。

町田智也は、しばらく迷った様子を見せていたが、やがて言った。

「ええ。苦楽苑へは、いっしょに行くことが多かったです」

「苦楽苑は、好きな時間に行けるのですか？」

「誰でも、自由に行けます」

「行って何をするのです？」

「修行です」

「どんな？」

「指導員が作るカリキュラムに従って、瞑想をしたり、指導員と対論をしたり……」

「指導員というのは、どうやって割り当てられるのです？」

「最初は、むこうで決めてくれるんだけど、希望すれば、その人に教わることができます。あ、当主様に直接指導してもらうのは、一般の会員じゃ無理だけど……」

「あなたは、誰か指名していたんですか？」

「ええ、まあ……」

「誰です？」

「誰って……」

「名前を教えてください」

「篠崎先生です」

「篠崎雄助さん。苦楽苑の内弟子だった方ですね」

塚原が言うと、町田智也は驚いた顔をした。

警察の情報収集力を甘く見ている証拠だと、百合根は思った。

警察官に尋問される一般人は、たいていそうだ。警察官が握っている情報の量や質に触れると、たいていは驚いた顔をする。

「はい。そうです」

町田智也は驚きの表情のままこたえた。

塚原がさらに質問した。

「五人とも、篠崎さんに指導されていたんですか？」

「はい。たいていは、いっしょに苦楽苑へ行き、篠崎先生にご指導いただきました」

丁寧な言葉と、ぞんざいな言葉がごちゃまぜになっている。百合根はそう感じた。

おそらく、彼は苦楽苑に入会して変わりつつあるところなのだろう。百合根はそう思った。

彼は、丁寧な言葉を使おうと努力している。おそらく、篠崎雄助の指導の成果なのだ。

塚原は思案顔になった。

「篠崎さんは、教団を辞めたんですよね……」

「教団て、苦楽苑のことですか？　苦楽苑は、教団とは違います」

「新興宗教とは違うという意味ですか？」

「はい。教団という言い方は、なんというか……、苦楽苑っぽくない……」

「では、何といえばいいんです？」

「道場とか、修行場とか……」

塚原は、どうでもいい、という顔になった。

「篠崎さんは、苦楽苑を去られた。そうですね」

「はい」

町田智也は、うつむいた。

「あなたたちは、そのことをどう思いましたか？」

「とても残念でした。その……、ただ残念なだけでなく……」

「なんです？」

「むかつきました」

「腹が立ったという意味ですか？」

「ええ、そうです」

「なぜです？」

「よく、わかんないけど……」

塚原がうなずいた。

「篠崎さんが苦楽苑を去ったことに、腹を立てたのは、あなただけですか？」

「みんな、むかつくって言ってました」

「篠崎さんが苦楽苑を辞められた理由をご存じですか？」

「ええ、知ってます。当主様と、その……、なんてえか……」

「阿久津昇観さんと、意見の対立があった……」

「ええ。そうです」

「それは、亡くなった四人も知っていたのですね？」

「知っていました。そのことについて、いろいろ話しましたから……」

「阿久津昇観さんについて、どう思いましたか？」

「どうって……？」

「尊敬する篠崎さんが苦楽苑を辞める原因となったのが、阿久津昇観さんだったわけでしょう」

町田智也は、しきりに首を小さく傾けた。落ち着きがなくなった。

「なんか……。頭んなか、ごちゃごちゃして、わかんなくなって……」

「あなたは、篠崎さんを尊敬していた。だが、同時に、阿久津昇観さんも尊敬していた。だから、どうしていいのかわからなくなった……。そういうことですか？」

「そう言っちゃうと簡単だけど……。でも、僕たちの中じゃそんなに単純なことじゃなかった……。当主様に対する気持ちと、篠崎先生に対する気持ちはちょっと違うし……」

「どういうふうに違うのですか？」

「当主様は、なんか雲の上の人って感じだけど、篠崎先生は、いつも直接指導してくれたし……」

「なるほど……。吉野さんたち四人も同じように感じていたのでしょうか？」

町田智也は、少し考えてからこくりとうなずいた。

「あなたも、自殺については、彼ら四人と同じような考え方だったのですか？」

「同じような？」

「つまり、かなり身近に感じていたというか……」

「そういうことって、一人一人みんな考え方が違うと思うんですけど……」

「ああ……。なるほどね……」

二人のやり取りが、不確実なものになってきたと、百合根は感じた。

「あの……」

百合根は言った。「昨日は、あなただけ、どうしていっしょじゃなかったのですか？」

「え……？」

町田智也は、不意をつかれたようだった。

「あなたがたは、五人グループだったんでしょう？」

百合根がそう言うと、町田智也は、泣きそうな笑い顔をちらりと見せた。

「それって、僕も死ねばよかったってこと？」

「いや、そうじゃなくて……」

百合根はあわてた。「あなたたちは、五人グループだったのでしょう。だけど、昨夜はあなただけが別行動だった。何か理由があったのかと思いまして……」

「いつも五人で行動していたわけじゃないですよ。五人でいっしょにいたのは、苦楽苑での話です」

「そうですか……」

百合根は、町田智也を傷つけたのではないかと思った。気が引けた。

だが、塚原は違った。

「しかし、あとの四人は昨夜もいっしょだったわけですね」

町田智也は、押し黙った。

考えている。

やがて、彼は言った。

「僕だけ一人だった理由なんて、特にないと思うけど……」

「あるいは、認めたくない理由がある……」

突然、青山が言った。「あの部屋にいた四人は、男二人に女二人だ。一人男が余る」

塚原が青山を見た。

青山は、散らかった部屋の中を見回していた。

町田智也は青山を睨んでいた。青山が眼を合わせると、彼はうつむいた。顔が紅潮している。

「そうですよ」

しばらくして、町田智也は開き直ったように言った。

「吉野さんと香織は付き合っていたし、園田と聡美も仲がよかった……。僕だけちょっと浮いてたんだ」

青山が言った。

「警察には、そういうことはちゃんと話したほうがいいよ。じゃないと、変な疑いをかけられる」

町田智也は、うつむいたまま、何もこたえなかった。

塚原が、ちらりと青山を見てから町田智也に質問した。

「昨日の夜はどこにいました？」

「ここにずっといました」

「昨日は外に出なかったという意味ですか？」

「食料を買いに、コンビニに行きました。それ以外は、ずっと部屋にいました」

「一人で？」

「ええ。一人でした」

「どこのコンビニに行ったのです？」

「アパートを出て左に行ったところにあるやつです。一番近い……」

塚原は、アリバイを確認している。そのことは、町田智也にもわかるはずだ。

「昨夜、四人は足立区のマンションの一室にいました」

塚原が言った。「苦楽苑の分院にする予定の部屋です。通常、そこは鍵がかかっていて、部屋の鍵を持っているのは、阿久津昇観さんと、山県佐知子さん、そして篠崎雄助さんの三人だけだそうですね。四人はどうやってあの部屋に入ったのでしょう」

「さあ……」

町田智也は、不思議そうな顔をした。「僕にはわかりません」

なんでそんなことを僕に訊くんだ、と言いたげな表情だ。

「あなたは、あの部屋に行ったことがありますか？」

「ええ、あります」

「何をしに行ったのですか？」

「その……」

言いづらそうだった。「篠崎先生といっしょに……。あの部屋で勉強会をやったことがあるんです」

「あなたのほかには誰がいました？」

「あの四人です」

「つまり、あの部屋で昨夜亡くなった四人のことですね？」

「そうです。篠崎先生は、ゆくゆくは、あそこの分院を任されることになるからと言って……」

「正式に分院になる前から、あそこを使っていたということですか？」

「ごく限られた人たちだけで使っていました」

「それは、篠崎先生に気に入られている人たちということかな？」

町田智也は、またしばらく考え込んだ。そして、言った。

「そうだと思います」

塚原は、鼻から吐息を洩らした。


「ご協力感謝します。また、話をうかがいに来るかもしれません。そのときは、よろしく……」

町田智也は、どうしていいかわからない様子でたたずんでいる。何か声をかけてやりたいと百合根は思った。

だが、何を言ってやればいいのかわからない。

そのとき、山吹が言った。

「親しい方々を亡くされて、お力落としのことと思いますが、きっと誰かが助けてくれます」

町田智也は、初めて山吹の存在に気づいたようにしげしげと見つめた。

「あの……、お坊さんですか？」

「曹洞宗の僧籍を持っております」

「曹洞宗……。お寺はどちらですか？」

「名もない小さな寺です」

「ご住職ですか？」

「住職は父です。私は、警視庁の科学捜査研究所に所属しておりましてな……」

「禅の修行をされているのですね」

「はい」

「当主様も、もとは禅宗だと言ってました」

山吹はうなずいた。

「ご当主が、きっとあなたの力になってくれますよ」

町田智也は複雑な表情で山吹を見ていた。

何か言いたげだ。だが、結局彼は何も言わなかった。

百合根たちは、狭いアパートの部屋を後にした。

空が暗くなっていた。ひどく冷え込んできた。

「まさか、雪にはならないよなあ……」

塚原がつぶやいた。

誰も何も言わなかった。

「その後、何かわかったか?」

綾瀬署に戻ると、塚原が署に残っていた赤城と黒崎に尋ねた。


「四人とも、死因は一酸化炭素中毒。黒崎が現場で言ったとおり、体内からアルコールとニトラゼパムが検出された。四人とも酒と睡眠薬を飲んでいたというわけだ」

「眠っているうちに、あの世行きか……」

塚原が言った。「なんとも、念のいった死に方だな……」

赤城が言った。

「まだ、自殺と決まったわけじゃないだろう」

「俺も最初はそう思っていたが、関係者の話を聞いているうちに、やっぱり自殺じゃないかと思いはじめたよ」

「どういうことだ?」

「彼らは苦楽苑という宗教団体に入っていた。当事者たちは新興宗教なんかとは違うと言っていたが、俺から見れば同じようなもんだ。そういうのに、入信する若者ってのは、心の拠(よ)り所(どころ)を求めているわけだろう? すがっているわけだ。だが、苦楽苑じゃトップとナンバーツーが何か争いを起こして、ナンバーツーが教団を飛び出しちまった。死んだ四人は、そのナンバーツーにかわいがられていたというんだ。こりゃ、絶望もするわな……」

赤城は、苦楽苑の問題には興味なさそうだった。

「ニトラゼパムの入手経路を洗う必要があるだろう。処方箋がなければ、入手できない薬だ」

「まあ、洗うがね……。今時は、睡眠薬なんかは、インターネットでいくらでも手に入るからな……」

「あの部屋は何だったんだ？」

「苦楽苑が分院にするために買ったんだそうだ。そのナンバーツーが分院の責任者になる予定だった」

「分院……？」

「そう。人が住んでいたわけじゃない。だから、生活感がなかったわけだ」

「俺は、青山が現場で言ったことが気になる」

「何だっけ？」

「目張りのガムテープだ。雑に貼られていた。自殺ならもっと丁寧に貼るんじゃないか。テープから指紋も出ていない。こいつは不自然だ」

塚原は、ちょっと考え込んだ。

そこに、現場周辺の捜査に行っていた一行が帰ってきた。

菊川、西本、それに翠だ。彼らは、見知らぬ男を連れていた。

菊川が言った。

「こちら、篠崎雄助さんといって、あの部屋の関係者だというんだが……」

百合根は、驚いてその男を見た。

塚原も山吹も同様だった。青山だけが、無関心の様子だ。

赤城が、百合根や塚原の反応を見て言った。

「何だ？　何を驚いている？」

塚原が言った。

「この人が、今言った苦楽苑のナンバーツーだよ」

篠崎雄助は、何が起こっているのか理解できない様子で、戸口で立ち尽くしていた。

「まあ、どうぞ。お話をうかがいましょう」

塚原が、空いていた椅子を指し示して言った。

菊川が百合根の隣の席にやってきて、そっと尋ねた。

「彼のことを知っていたのか？」

百合根はこたえた。

「苦楽苑での聞き込みで、彼のことがわかりました。現場の部屋の鍵を持っている三人のうちの一人です」

菊川はうなずいた。

「そうらしいな」

塚原が、菊川に言った。

「俺が質問するけど、いいかね？」

菊川はうなずいた。

「ああ、かまわんよ」

篠崎雄助は、椅子に腰かけた。居心地が悪そうに身じろぎしたが、落ち着いているように見えた。

苦楽苑当主の阿久津昇観とは対照的なタイプだった。

阿久津昇観は、物静かで学究肌だ。そしてすらりとしていて、見栄（みば）えがいい。

それに対して、篠崎雄助は背が低くずんぐりとした体格をしている。癖毛で、頭の上や額で髪がくるくると巻いている。

顎が張っていて、四角い顔だ。目が大きく、きょろきょろとよく動く。唇を真一文字（まいちもんじ）に結んでいるところが、意志の強さを感じさせた。

精力的に動き回り、人と話をするタイプに見えた。

「ええと……」

塚原が言った。「菊やんたちとは、どこで会ったんだ？」

菊川がこたえた。

「俺たちが現場から出たときに、マンションの外に立ってらした。それで、俺が声をかけたんだ」

塚原はうなずいてから、篠崎雄助に対する質問を開始した。

「なぜ、マンションの前に立っていたのです？」

「なぜって、あんた……」

篠崎雄助は、張りのあるはっきりとした声で言った。「びっくりして飛んでいったんですよ。テレビのニュースで見たんですよ。見覚えのあるマンションが映っているなと思ったら、そこで四人の若者が自殺したというじゃないですか」

「亡くなった四人については、お聞きになりましたか？」

「ええ。そちらの刑事さんから……」

菊川のほうを見て言った。「僕の教え子たちでした」

「苦楽苑で、彼らを指導していたのですね？」

「そうです。いや、警察というのは、すごいですね。もうそんなことまで調べ出しているんですすか？」

「苦楽苑を辞められたことも知っています」

「へえ、やっぱりたいしたもんだ……」

心底感心しているような顔だ。

「亡くなった方々ですが、本来は、町田智也さんも加えて五人グループだったそうですね」

「いやはや、これは隠し事などできそうにない……。そう。彼らは五人でいることが多かった。だから、僕は指導するときには、たいてい五人いっしょのカリキュラムを組みました」

「カリキュラム？　なんだか、大学みたいですね」

「私は、苦楽苑を学習の場だと思っていました」

「学習？　修行ではないのですか？」

「本当に人を救うのは、知力です。本当に悩みを解決するのは、理論的な思考でしかない。それ以外のすべての手法は、気休めでしかない」

「しかし、あなたが指導されたグループの中の四人は、自殺された……」

篠崎雄助の表情が一転して暗くなった。苦痛に耐えるような顔で言った。

「僕の教えは、まだよく理解されていなかったのです。それが悔しい……」

「あなたは、あの部屋を使って指導されることがあったそうですね」

「はい。あの五人を何度か連れて行ったことがあります」

「なぜです？　苦楽苑のほうが施設は充実しているでしょう」

「阿久津が、私のやり方をあまり快く思わなかったのです。僕はあいつの眼が届きにくい場所で、指導をしたかった……」

「四人は、あの部屋にガムテープで目張りをして、七輪を持ち込み炭火を焚きました。ドアの新聞受けもふさいであった。その上、彼らは、睡眠薬を飲んでいたようなのです」

「睡眠薬……」

「そう。遺体から検出されました」

「僕のせいかもしれない……」

篠崎雄助は目を伏せ、苦しげに言った。

「どういうことです？」

「僕の教えを中途半端に理解したのかもしれない。阿久津は、睡眠薬などの薬物の使用を嫌っていました。人間には、本来自分を癒す能力が備わっていて、それは深い瞑想と対論によってもたらされると言っていました。でも、苦悩や不安で夜も眠れない者には、それはお題目でしかありません。眠れないことで、肉体的な不全感を抱き、それがさらに不安や苦痛を助長するのです。人間、眠れることでどれだけ救われるか……。だから、本当に苦しいときには、睡眠剤や安定剤の助けを借りてでも休んだほうがいい。免疫学的にもそのほうがいいと証明されている。私は、彼らにそう説きました」

「それは、心身症の治療の常識だ」

赤城が言った。「特に目新しい思いつきでもない」

篠崎雄助は赤城を見て言った。

「医学の知識がおありなのですか？」

「俺は医者だ」

「ああ、どうりで……」

篠崎雄助は、納得できていないようだ。

「心理療法でも向精神薬の使用を否定していない」

今度は青山が言った。「あ、ちなみに、僕も臨床心理士の資格を持っているからね」

篠崎雄助は、ますます不思議そうな顔になった。

百合根が説明した。

「彼を含めて五人は、警視庁の科学捜査研究所に所属する科学特捜班のメンバーです」

「科学特捜班？　科学捜査研究所というのは、裏方だと思っていました」

「昨今は、科学捜査の重要性が高まっています。専門家が現場に出ることで、今まで以上に科学捜査を役立てることができるのではないかということで、組織されたんです」

「それはすばらしい。科学技術は、もっともっと人類の役に立つはずです」

「それで……」

塚原は、話を引き戻そうとした。「亡くなった四人のうちの誰かが、医者にかかって睡眠薬を処方してもらったというような話は聞いたことがありますか？」

「いいえ。しかし、僕の指導のせいで、医者にかかった可能性はあります」

「なるほど……。で、あの部屋の鍵ですが、今もお持ちですか？」

「ええ。持っています」

「見せていただけますか？」

「はい」

篠崎雄助は、革のキーホルダーにぶら下がったいくつかの鍵の束を取りだした。

その中の一つを人差し指と親指でつまんだ。

「これです」

「お借りしてよろしいですか？　確認を取りたいの

で……」

「ええ、かまいませんよ」

篠崎雄助は、キーホルダーから鍵を取り外そうとした。

「その必要はねえよ」

菊川が言った。「その人が持っている鍵は現場で確認済みだ。抜かりはねえ」

塚原は、菊川のほうをちらりと見て言った。

「そいつは手間が省けたよ」

篠崎雄助は、二人のやり取りを聞いて、塚原に尋ねた。

「いいんですか?」

「けっこうです。しまってください。その鍵を誰かに貸したことはありますか?」

「誰かって、あの五人のことを言っているのでしょう?」

「相手の特定はしていません」

「いいえ。誰にも貸したことはありません。僕は、苦楽苑から鍵を借りている立場ですから、これを誰かに貸すと又貸しになります」

「では、あの四人は昨夜どうやってあの部屋に入ったのでしょうね?」

「え……?」

「部屋にはいつも鍵がかかっているのでしょう?」

「誰がそんなことを言いました? あの部屋はいつもあいていましたよ。鍵なんてかけていません」

塚原が百合根のほうを見た。

百合根も塚原を見ていた。

阿久津昇観は、あの部屋にはいつも鍵がかかっていたと言っていた。

二人の供述が矛盾する。どちらかが嘘をついていることになる。

「あの部屋には鍵がかかっていなかったというのは、本当ですね?」

「ええ。本当です。僕があそこで指導を行うときも、鍵なんて使ったことはありません」

「不用心じゃないですか」

塚原が言った。「あのあたりは、窃盗などの犯罪が多発している」

「何も置いていませんでしたからね。空き家みたいなものですよ」

その点は、青山が指摘したとおりだ。

「では、あの部屋には誰でも入れたわけですね」

塚原が尋ねると、篠崎雄助はうなずいた。

「はい。今思うと、鍵をかけてさえいれば、彼らの自殺は防げたかもしれない……」

「自殺かどうか、まだわからん」

赤城が言った。

篠崎雄助は、驚いた顔で赤城を見た。

「どういうことですか？」

「言ったとおりの意味だ。彼らが自殺だと断定したわけじゃない」

篠崎雄助は、塚原に尋ねた。

「そうなんですか？」

塚原は、顔をしかめた。

「まあ、念のために他の可能性も探っているというのが実情です。あくまで念のためです」

「事故の可能性もあると……？」

「はい」

塚原はうなずいた。

赤城はさらに言った。

「そして、殺人の可能性もな」

篠崎雄助は、衝撃を露わにした。

「殺人……？　彼らが誰かに殺されたというのですか？」

塚原は赤城を厳しい眼で一瞥したが、赤城は平然としていた。

「まあ……」

塚原は言った。「その可能性もゼロではないと考えています」

「いったい、誰が……」

「自殺の線が一番濃厚だと、私たちは考えています。彼らは、よく自殺について語り合っていたそうですね」

篠崎雄助は、沈んだ表情になった。

「今の若者は、ひどく簡単に死ぬということを考えます。人の命の意味が実感できていないのかもしれません。少年が、たいした理由もなく人を殺す事件が最近目立ちます。それも、共通した理由があるのではないかと思います」

「人の命の意味？」

「生き物は死を恐れます。逃れられないものであるが故に、それを不自然な形で受け容れたくはないのです。だから、人は病気を恐れ、飢餓を恐れ、老いを恐れるのです。しかし、死が身近にない環境では、生きることの価値も見失いがちなのです。日本は、長い間平和な時代が続きました。昭和四十年代には高度経済成長があり、生活も豊かになった。さらに、一九八〇年代にはバブル景気があり、人々は豊かさを謳歌したのです。平和で豊かな生活が続き、逆に人々は生きることの意味に気づかなくなった……」

「それが、若者の自殺や殺人と関係があるとお考えですか？」

塚原が尋ねると、篠崎雄助は、はっきりとうなずいた。

「不幸な時代には、人は生きるのに精一杯です。戦後から昭和三十年代の初期の日本は、誰もが貧しかった。しかし、自殺や猟奇的な殺人は少なかった。今の日本は、その当時よりずっと豊かなはずです。借金をしている人も、リストラされた人も、昭和二十年代や三十年代よりいい暮らしをしているはずです。なのに絶望してしまう。そして、世の中の絶望感を敏感に感じ取るのは、若者たちなんです」

「あなた、その年じゃ昭和二十年代や三十年代のことなんて、知らないでしょう」

「実際に体験したことはありませんが、知ることはできます。そのために、人々は記録を残す」

「当時のほうが、自殺や猟奇的殺人が少なかったというのは、事実かどうかわからないよ」

青山が言った。「警察の捜査力の問題もあるし、統計が同じ基準で取られているかどうかもわからない。報道も、あの時代はラジオと新聞が中心だから、今ほどセンセーショナルじゃない」

「少なかったと思います。人々は生きることに必死だった」

「まあ、事実だったとしても、要因はほかにいくらでもある。まず都市化の問題。昭和二十年代や三十年代のはじめは、まだ大家族で暮らすことが多かった。地域社会が今よりずっと機能していたし、人の移動も少なかった。家族や地域に、犯罪や自殺といった不祥事を防ぐメカニズムがあった」

篠崎雄助は、再びうなずいた。

「そうなんです。都市化も大きな要因です。大家族や地域社会が、個人の問題を結果的に解消してくれることもあったのです。今、一人暮らしの若者は、悩みを一人で抱え込むことが多い。犯罪性にしてもそうです。人間、誰しも多少は犯罪性を持ち合わせているものです。しかし、大家族や地域社会がそれにストップをかける働きをしていた。今は、一人暮らしの若者が多いので、その犯罪性や、人格の未熟さがストレートに出てしまう。家族と暮らしている若者にも、一人暮らしと同じような現象が見られます。昔は、子供に一部屋を与えるほど豊かな家庭は限られていた。家族全員がラジオやテレビのある茶の間に集まっていた。今は、若者が自分の部屋に閉じこもり、家族との交渉を拒否している。家族というのは、ときにうっとうしいものです。そのうっとうしさに対処するところから、人格が成熟していく。今の若者は、そうした他者との交渉の方法を学ばずに成長する傾向があるのです」

「でも、みんなが求めたから今みたいな社会になったんでしょう?」

青山が言った。

「そう。豊かで清潔で心地よい生活。誰もがそれを求めます。しかし、それは地域社会を寸断してしまった。家族をばらばらにしてしまった」

「苦楽苑は、その代わりをやろうとしていたの？」

青山のこの質問に、篠崎雄助はふと考え込んだ。

「阿久津の考えは違っていたかもしれません。あいつはあくまで個人の修行ということを重視していました。瞑想と対論で個人の能力が高まり、それによって自分自身が自分を救うという考え方です」

「あなたは違うの？」

「僕は、あなたが言ったとおり、家族や地域社会といったものの代わりができればいいと思っていました。だから、指導をするときには、たいていグループでやりました。苦楽苑は個人指導が基本です。でも、僕はグループのほうが効果があると感じていました。悩みを抱えている人に必要なのは、まず疎外感を少しでも取り除いてあげることです。そのあとで、僕は理性の大切さを説き、理性とはすなわち知力であることを理解してもらうのです」

「知力ね……」

青山が言った。「賢い人が救われるというわけ？」

「そうです。あらゆる不幸は愚かさから生まれる。不幸を幸運に転化できるのは、本当に賢い人だけです」

「まあ、言っていることはわかるけどね……。もともと仏教ってのは、智慧の教えなんでしょう？」

青山が山吹のほうを見た。

山吹がうなずいた。

「そういう一面もありますな」

「あの……、お坊さんですか？」

山吹を見て篠崎雄助が尋ねた。

「ええ。僧籍を持っております」

「宗派は？」

「曹洞宗です」

「どうしてお坊さんが、ここに……」

これまで何度同じことを訊かれただろう。

いいかげん、うんざりしているはずだと百合根は思った。だが、山吹は、嫌な顔一つせずにこたえた。

「私は、警視庁の職員です。家が寺でたまたま僧籍を持っているだけでして……」

「お坊さんならば、おわかりのはずだ。考えることと、とことん考えることが本当の修行だということを」

「はい。御仏の智慧は万物(ばんぶつ)を照らします」

「僕はね、こう考えているんです。すべての宗教は科学の残滓(ざんし)だと……」

「ほう……。宗教が科学の残滓……」

山吹はそう言っただけだった。

塚原が尋ねた。

「つまり、あなたと阿久津さんは、指導方法も考え方も違っていた。それで対立したのですね」

「表面的にはそうですね」

「……というと？」

「根本的に宗教というもののとらえ方が違う。ともに共通しているのは、神秘体験や霊能力を当てにしていないという点。そこが、一般の新興宗教と苦楽苑が最も違うところなんですが……」

塚原はうなずいた。

「たしかにそのようですな……」

「阿久津は、ゴータマ・シッタルタの生き方にこそ、人々が救われる道があると信じました。つまり、瞑想と思索です。どんなに悩み苦しんでいても、深い瞑想と思索により、本当の英知を得れば、人はわざわいや不幸、苦しみに負けることはない……。阿久津はそう信じていました」

塚原は言った。

「もっともだと思いますね。ただ、私なんぞ、禅を組んだところで、煩悩(ぼんのう)が後から後から湧いてきまして……。とても悟ることなどできそうにない」

「阿久津も、悟りという言葉はつかいませんでした。悟りというのは、とらえどころがありません。

昔から、幾多の修行者が悟りを得ようとしましたが、おそらく満足な結果を得られていない。悟りというのは、そういう意味ではひとつの理想であり、現世で悩み苦しむ者たちにとっては、絵に描いた餅です。阿久津は、瞑想と思索によって、頭脳を活性化させることだけが、救いに至る道だと考えていました」

「あなたの考えは？」

「僕は、個人的な修行よりも、まず人々の悩み苦しみを軽減することを優先します」

「つまり、一般大衆を救済することが目的だと……。そうなると、小乗仏教と大乗仏教の違いということになりますな」

塚原が言うと、篠崎雄助はきっぱりとかぶりを振った。

「それはまったく異質の議論です。大乗の教えは、一言で言えば菩薩の教えです。いつどこにいても、菩薩の名を唱えれば救われることができる。それは、一神教にも通じる信仰の姿です。それに、極楽浄土の教えが乗っかると、これはもはや釈尊が説いた仏道の教えとは似て非なるものです。僕は、人が救われるためにはやはり自分自身の英知が必要だと考えています。その点は、阿久津とも同じなのですが、やはり根本的なところが違っている」

「私ら凡人なんでね、その根本的な違いというのがよくわからない。簡単に説明してもらえませんか？」

「さきほども言いました。私は、すべての宗教というのは、科学の残滓だと思っています。個人的な修行も大切だが、本当に大切なのは、物事の本質を深く思索することです。我々の不安や恐怖は無知によってもたらされることが多い。そう、無知は不安や恐怖、苦しみを招くのです。だから、僕は会員たちに論理的な考察によって自分の置かれている状況を見つめることを指導します。その過程で、心理療法的な手法もつかいます。必要なら薬物の助けを借りることもすすめます」

　塚原はしばらく考え込んでから、山吹の顔を見た。山吹は、泰然としていて、何も言おうとしない。

「阿久津さんが、苦楽苑を開いた当初からのお付き合いだそうですね？」

「阿久津とは大学時代からの付き合いです。仏教系の大学です。その後、阿久津は得度しました。私は、食品加工会社に就職しましたが、ボランティアで引きこもりの若者などの相談を受けていました」

「ほう……。引きこもりの人が相談にやってくるのですか？」

「彼らは、実際の社会とは接したがりませんが、もう一つの社会とは頻繁に接触しているのです」

「もう一つの社会？」

「インターネットと携帯電話のメールです」

「なるほど……」

　塚原は、さりげなく訊いた。「あなた、昨夜はどこで何をされていましたか？」

「昨夜ですか？　自宅にいましたが……」

「お一人で？」

「ええ。僕は独身で一人暮らしですから……。苦楽苑を辞めた今は、たいてい自宅にいて、インターネット上のいくつかの掲示板に書き込みをしています」

　その掲示板のログを調べればどこにいたかはだいたいわかる。掲示板を管理しているプロバイダーと、篠崎雄助が接続のために契約しているプロバイダーの両方に、彼が書き込んだ日時と使用したパソコンのＩＰアドレスが残る。

　もちろん、抜け道はいくらでもあるが、いちおうアリバイと見ていいだろう。

「彼らから連絡はありませんでしたか？」

「いいえ。残念ながら……。もし、昨夜のうちに彼らから連絡があれば、何とかできたかもしれない」

　塚原は、百合根を見た。

何か質問はないかという意味だ。

百合根は、菊川を見た。菊川がかぶりを振った。

塚原は、篠崎の住所、電話番号など、必要なことを訊いて質問を終わりにしようとした。

百合根は、あわてて尋ねた。

「あ、ご自分のホームページとかお持ちですか？」

「ええ……」

篠崎雄助は、ポケットから名刺入れを取りだした。アニメのキャラクターがついたビニール製の名刺入れだった。

名刺を一枚取り出すと、それをテーブルの上に置いた。塚原が手を伸ばし、その名刺を見た。目を細めて、やや離し気味で見ている。

細かな字が見えにくい年齢なのだ。

塚原は眼を上げると、篠崎雄助に形ばかりの礼を言った。篠崎雄助は、立ち上がり部屋を出て行った。

5

菊川たちが同じマンションの住人たちから聞いたところによると、現場となった部屋に人が出入りした様子はほとんどなかったという。

たいていの住民が、あの部屋を空き家と思っていたようだ。

だが、隣の部屋の住人は、ごく稀(まれ)に人が集まることがあるのに気づいていた。

篠崎雄助が指導を行う日だったのかもしれない。

いつのことか覚えているかと、菊川は隣の住人に尋ねたが、覚えていないとのことだった。

「つまり、篠崎雄助以外にあの部屋を使う人間はほとんどいなかったということだ」

塚原が言うと、菊川が尋ねた。

「それが、どういう意味を持つんだ？」

「知るかよ」

「阿久津昇観は、あの部屋にはいつも鍵がかかっていたと言いました」

百合根は言った。「でも篠崎雄助は、鍵などかかっていなかったと言った……。これ、どういうことでしょうね?」

菊川が言った。

「どっちかが間違っていたか、あるいは嘘をついているか……」

赤城が翠に言った。

「どうだ? 篠崎雄助は、嘘をついたか?」

「その兆候はなかったわね。もっとも、最初に出会ったときから、かなり興奮し、緊張していた。まあ、教え子が四人も死んだのだから当然よね」

赤城が尋ねた。「おまえはどう思う?」

「黒崎」

黒崎は、かぶりを振った。

篠崎雄助が嘘をついた様子はなかったという意味だ。

塚原が怪訝そうな顔をした。

「いったい、何を言っているんだ?」

赤城の代わりに菊川が説明した。

「この二人のコンビは、人間嘘発見器といわれている」

「何だ、それは……」

「結城の耳がいいのは知っているだろう。現場で証明済みだ。そして、黒崎はおそろしく鼻がきく。結城は、人の鼓動の変化を聴き取るし、黒崎は発汗の量や汗に含まれるアドレナリンだのの興奮物質を嗅ぎ取ることができる。つまり、嘘発見器と同じというわけだ」

「まさか……」

「当然、証拠能力はないよ。だが、捜査の参考にはなる」

塚原は、翠と黒崎の顔を交互に見た。

「信じられんな……。STってのは、なんて連中だ……」

「人間嘘発見器は、実績がある」

菊川が言った。「けっこう頼りになるんだ」

「つまり、篠崎雄助は嘘をついていないということですね。ならば、阿久津が嘘をついていたことになります」

百合根が言うと、翠がかぶりを振った。

「残念ながらそうとは言い切れない。さっきも言ったとおり、篠崎雄助は、会った当初から興奮状態にあった。それに、あらかじめ訊かれることを予想していた質問なら、それほど生理的な変化をきたさない場合もある」

「それにだな……」

塚原が言う。「単に、どちらかが勘違いしていたのかもしれない。空き家同然の部屋の鍵がかかっていようがいまいが、彼らにとっちゃたいした問題じゃなかったかもしれない」

「変だよ」

青山が言った。彼は、鑑識の報告書や現場の写真を机の上に並べていた。並べるというより散らかしているようにしか見えない。

塚原がその様子に眉をひそめて尋ねた。

「何が変なんだ?」

「遺書は見つかったの?」

「ない。これからインターネットの書き込みなんかをチェックするんだが、どこに書き込んだかをつきとめて、膨大な書き込みの中から彼らの書き込みを探さなければならない」

「それって、遺書の意味がないよ」

「何だって?」

「遺書っていうのは、誰かに読んでもらいたくて書くんだ。死んでから探さなければならないようなものは、遺書じゃない」

「自殺をにおわせるような文言が見つかるかもしれない」

「そうだとしても、遺書と見なすことはできないね。それに……」

青山は机の上に散乱している現場写真を指差した。「この部屋には、七輪とテーブルと死体しかない」

「自殺するには、七輪があれば充分だ。睡眠薬も飲んでいるしな……」

「だからさ……。この部屋にはテーブルと七輪しかないんだよ」

たしかに、青山が言うとおり、現場には座卓と七輪以外は家具らしいものはなにもない。

百合根は言った。

「あの部屋は空き家同然だったと、阿久津昇観も篠崎雄助も言っていましたし……。家具がないのはあたりまえでしょう」

「僕はそんなことを言ってるんじゃないよ。キャップは薬を飲むときどうする?」

「薬ですか? 普通に水で……」

そこまで言って百合根はようやく気づいた。

「そうか。この部屋にはコップも何もない……」

「四人は酒を飲んでいたんでしょう? 部屋にはコップも酒瓶もなかった」

塚原にもようやく青山の言わんとしていることがわかったようだ。顔を斜めにしてテーブル上の写真を次々と見ていく。

「しかし……」

塚原は言った。「それは、何も証明したことにはならん。水道の水は出るんだ。手ですくうなり、口を付けるなりして飲めばいい。その睡眠薬は、大きな錠剤じゃないんだろう? ならば、水なしでも飲める。酒は外で飲んだのかもしれん」

「薬はたいてい薄いプラスティックのパッケージに入っているでしょう?」

「あの、ぷちっと押し出すやつだな」

塚原が言うと山吹はうなずいた。

「ニトラゼパムの処方薬は、たしかにそういうパッケージに入っています」

「薬を出した後は、そのパッケージが残るでしょう」


塚原は思案顔で身を乗り出し、現場写真を見直した。

赤城が言った。

「あの部屋には、そんなものは落ちていなかった。死んだ四人の衣類からも出てきていない」

菊川が言った。

「青山が言っていた目張りのガムテープな……。あれは、たしかに不自然だった。慌てて貼ったように見える。テープから指紋も出ていない。自殺するなら、あわてる必要はない」

「それにね」

青山が言った。「残りのテープはどこにあるの?」

「残りのテープ?」

「そうだよ。ガムテープのロールがなきゃおかしいでしょう。なのに、部屋の中にはそんなものはない」

「まさか……」


塚原はまた、現場写真を見つめ、鑑識の報告書を見つめた。

「ね、少なくとも、あの部屋に死んだ四人以外の誰かがいたと考えないと辻褄(つじつま)が合わない」

青山が言った。「あるいは、彼らが死んだ後に、誰かが部屋をきれいにしたのかもしれないけど……」

塚原は、悔しそうに唇を噛んだ。

「俺もヤキが回ったかな……。そんなことに気づかないなんて……」

「自殺じゃないと考えたほうがいいね」

青山が言った。

塚原は、難しい顔をした。

「だが、どうやって自殺を演出したんだ? 睡眠薬で眠り込んだ四人をあの部屋に運び込んで、工作をしたのか? 四人の人間を運ぶとなるとおおごとだ。現場はマンションだぞ。誰か気づくはずだ」

菊川が言った。

「隣の住人が、普段は人気のない部屋で物音がするので不審に思ったと言っていた。その後、目張りに気づいて一一〇番した」

「どんな物音だ？」

塚原が尋ねた。

「そんなに大きな音じゃない。人がいる気配がしたと言っている」

「つまり、四人もの人間を部屋に運び込むような物音じゃないということだな」

「そう判断していいだろう」

「それに……」

山吹が言った。「ニトラゼパムは、昏睡するほど強力な薬じゃありません。誰かに運ばれたりしたら、目を覚ますと思います」

赤城が言う。

「まあ、それも飲んだ量によるがな……。アルコールといっしょに摂取すると泥酔する場合もある」

「それにしても」

塚原が言った。「四人を運ぶというのは大仕事だぞ」

青山が言う。

「だったら、考えられることは二つ。四人が自殺した後に誰かがあの部屋に行って、薬の入れ物やらガムテープのロールやらお酒が入っていた容器やらを片づけた。あるいは、四人といっしょに誰かがいたか……」

塚原が言った。

「誰かがいっしょだったとしたら、その人物が四人を殺したという可能性が高い」

青山は淡々と言った。

「そうなるね」

「まったく……」

塚原がうめくように言う。「どうして、そんな簡単なことに気づかなかったんだ……。こちとら、刑事を長年やってるんだ」

「暗示にかかったんだね」

青山が言う。

「暗示……?」

「川那部検死官が、現場で自殺だと判断したから……。川那部検死官は、警視だし経験も豊富だ。法医学の知識もある。人間というのは、権威ある人の発言に無意識のうちに影響されてしまうんだ」

「川那部検死官か……」

塚原が言った。「あの人の判断を覆すことになる……」

たしかに面倒なことになりそうだ。

百合根は思った。

川那部検死官は、STに、特に赤城に反感を抱いている。ベテランの捜査員で法医学の研修を受けた。判断ミスなど、そうそう犯すはずはない。

だが、STが絡むとどうも調子が狂うようだ。赤城を見るとつい意地を張るのだ。

しかたがない……。百合根は思った。

「僕が川那部検死官に報告しますよ」

塚原がほっとした表情で百合根を見た。

「なるほど、警部殿が言ってくれるのが筋ってもんだな」

嫌なことを先に延ばすと、どんどん気が重くなる。百合根はすぐに電話することにした。

本庁に電話すると、すぐに川那部が出た。

「綾瀬署の集団自殺の件ですが……」

百合根は言った。「実は、他殺の線も出てきました」

不機嫌そうな沈黙があった。

百合根は、胸が締め付けられるような息苦しさを感じた。

「まだそんなことを言ってるのか」

川那部の冷ややかな声が聞こえてくる。「STはよほど暇なんだな」

「調べれば調べるほど、不審な点が出てきまして……」

「これ以上、所轄に迷惑をかけるんじゃない」

「いえ、綾瀬署の捜査員も同じ意見でして……」

「何だと……」

そこで、川那部は絶句した。

百合根は冷や汗がにじむのを感じた。

しばらくして、また川那部の声が聞こえてきた。

「どんなくだらないことを思いついたのか、詳しく聞こうじゃないか。すぐにそちらに向かう。一時間で行く」

電話が切れた。

「一時間で来るそうです」

百合根が告げると、塚原の顔色が少しだけ青くなった。


川那部検死官は、本当にきっかり一時間後に、綾瀬署に乗り込んでいた。

百合根たちが使っている部屋の戸口に立つと、彼は威圧的に言った。

「どこのどいつだ、ふざけたことを言ってるのは……」

塚原、西本、そして菊川がさっと立ち上がった。

百合根も慌てて立ち上がる。STの五人は座ったままだった。

川那部は、あいている席を眼で追って、上座(かみざ)に当たる場所にどっかと腰を下ろした。

「それで……?」

川那部が説明を求める。

百合根が、他殺の疑いがあるという根拠を上げていった。

まず、第一に遺書がいまだに見つかっていないこと。

部屋に鍵がかかっていたかいないかで、関係者の証言に食い違いがあること。

食い違う証言をした二人は、対立関係にあるらしいこと。

四人は、睡眠薬を飲んでいたが、そのパッケージが現場から発見されていないこと。

目張りのガムテープが乱雑に貼られており、そのテープから指紋が検出されていないこと。

　残りのガムテープのロールが現場にないこと……。

　緊張のために、多少しどろもどろではあったが、なんとか伝えるべきことは伝えたと思った。

　川那部は、しばらく考え込んでから言った。

「何を突っ立っている。座らんか」

　菊川と塚原が百合根を見た。まず、警部から座れということだろう。

　百合根は遠慮がちに腰かけた。菊川と塚原がそれを確認してから座る。

「言いたいことはわかった」

　川那部は、言った。「だが、私は一度自殺だと本庁に報告した。今さら殺人で帳場を立てろとは言えない。捜査予算は限られている。明らかに殺人だと判明したのなら別だが……」

「綾瀬署と我々で何とかやれると思います」

　百合根が言った。

　川那部がじろりと、百合根を睨んだ。

「二言はないな？　捜査が行き詰まってから泣きついたってだめだぞ」

　……というか、本格的に殺人事件となれば、所轄の署長から本庁に正式に申し入れがあって、帳場が立つという段取りになるはずだ。百合根はそう思った。

　川那部が主導権を握れるわけではない。

　だが、百合根は黙っていた。ここで川那部の機嫌を損ねると、面倒なことになりそうだ。

　それでなくても、川那部はかなりご機嫌斜めなのだ。

「いいだろう」

　川那部が言う。「君たちは、私に挑戦してきたわけだ。私は、自殺だと判断した。だが、この期に及んで、まだほかの可能性を探っている」

　川那部がちらりと赤城を見た。

赤城は、川那部のことなど眼中にないと、よそを向いている。

「所轄もそれでいいんだな？」

川那部は、塚原を見て言った。

塚原はとたんに姿勢をよくした。

「はい。あ、いえ……。検死官の結論に従いたいのですが……。たしかに疑問点が出てきており、捜査員として看過できないかと……」

「わかった。そっちもSTに付くというわけだな」

「いえ、そういう問題では……」

「そういう問題なんだ。これは私の面子（メンツ）の問題でね……。もし、最終的にこの件が自殺だということになったら、それ相当の処分を覚悟してもらう」

塚原は、下を向いた。

捜査上で主張が食い違ったからといって、処分の対象になるとは思えない。だが、警察というところは、そういう無茶がまかり通る世界でもある。

捜査員は皆、面子を重んじる。なめられたら終わり、と捜査員はよく言う。

警察は役所であると同時に、ヤクザの組織のような体質を持っている。

川那部がどこまで本気かはわからない。だが、面子という言葉を口にしたからには、後には引かないだろう。

百合根は、少々心細くなった。

この件が殺人であるという決定的な証拠は何もない。すべてが状況証拠だ。

たしかに、赤城や青山が言う疑問はもっともだ。だが、それだけでは検察を納得させることはできない。

「遺書が見つかっていないと言ったな」

川那部が言った。「これから見つかる可能性だってあるだろう。自宅はどうなんだ？」

「遺族の話では、遺書らしいものは見つかっていません」

「インターネットの自殺サイトを調べてみたの

か？」

　塚原がこたえた。

「いえ、それはこれからです」

「きっと、そのあたりで見つかると思う」

　その点に関しては、青山が文書担当としての意見をすでに述べている。探すのに苦労するような遺書は遺書ではない。

　だが、青山は何も言わなかった。

「鍵がどうこう言っていたな？　空き家同然の部屋だったんだろう？　鍵がかかっていたかどうかが、どうしてそんなに問題なんだ？」

　誰も口を開こうとしない。百合根が説明するしかなかった。

「あの四人がどうやってあの部屋に入ったかという問題です。そして、関係者の証言が食い違っています」

「関係者？」

「亡くなった四人は、苦楽苑という宗教的な団体に加入していました。現場の部屋は、苦楽苑が分院として用意していたのです。苦楽苑の責任者である阿久津昇観は、部屋には常に鍵がかかっていると証言していますし、ナンバーツーだった篠崎雄助は、部屋の鍵は常に開いていたと言っています。篠崎雄助は、苦楽苑の内弟子でしたが、阿久津昇観と意見が対立して、苦楽苑を辞めています。そして、亡くなった四人の指導を、篠崎雄助が担当していたのです」

　川那部は、じっと百合根を睨むようにして話を聞いていた。頭の中で話を整理しているように見える。

　だが、実は、自分に有利な論理をひねり出しているのかもしれない。

　やがて、川那部は言った。

「つまり、四人はその二人の対立に巻き込まれたというのか？」

「いえ、そこまでは現時点ではわかりませんが

「……」

「その二人が容疑者だと考えているのか？　私には、その二人に四人を殺す動機があるとは思えない。尊敬している二人が対立して、そのことに絶望して自殺するということも考えられる。そう考えたほうが自然じゃないのか？」

その点については、同じようなことを塚原が言ったことがある。だが、塚原も何も言わない。

刑事たちは、川那部に遠慮し、赤城や青山は眼中にないという態度だ。

「薬のパッケージだって？」

川那部はさらに言った。「部屋の中にあるとは限らんだろう。ベランダから外に放り出したのかもしれない。そうなれば、部屋の中には残らない」

「あの……」

百合根は、おずおずと言った。「ベランダの窓は目張りされていたんですけど……」

「目張りする前に捨てたのかもしれない。あるいは、トイレに流してしまったのかもしれない」

「たしかにね……」

青山が言った。「もしそうなら、部屋の中には残らない。でも、自殺しようという人が、どうして薬のパッケージを部屋の外に捨てなければならないの？」

川那部は、一瞬言葉に詰まった。

「自殺する人間が、身辺をきれいに片づけるのはよくあることだ」

「そういうのとは、ちょっと違うと思うけどなあ……」

「ガムテープから指紋が出なかったからといって、何も不思議なことはない。ガムテープを上から擦(こす)れば、指紋など消えてしまう」

青山が尋ねた。

「ガムテープのロールが見つからないのは？」

川那部は再び絶句した。

きわめて不機嫌そうに顔をしかめ、しきりに考えたのちに言った。

「まあ、君らの言っていることにも、一理ないわけではない……」

　川那部の言葉が急に力を失った。

　さすがに、疑問点を無視できなくなったのだろう。

　意地になっているとはいえ、そこは検死官だ。事件性があることを認めざるを得なくなったのだ。

「いいだろう」

　川那部は言った。「やりたいようにやればいい。だが、私に逆らったことだけは忘れるな」

　立ち上がると、背をぴんと伸ばしたまま部屋を出て行った。

　塚原が大きく息をついた。

「何なんだよ、あれ……」

　菊川が説明した。

「どうやら、あの人はSTを統括している三枝管理官にライバル心を抱いているらしい」

「そして、俺にもな……」

　赤城が言った。

　菊川が顔をしかめた。

「おまえさんの態度がよくないからだよ」

「俺たちは、警察官じゃない。技術吏員だ。だから、階級社会に組み込まれていない。相手が警視だからといってへつらう必要はない」

「そういうわけで、川那部検死官は、STを目の敵（かたき）にしているのさ」

「やりにくいな……」

　塚原が溜め息をつく。赤城が言った。

「気にすることはない。これは、自殺じゃない。検察も納得する」

　塚原が言った。

「だが、他殺だという物証もない」

「そう、物証は見つかっていない」

　菊川が言った。「地道に聞き込みを続けることだ。必ず何かの目撃証言が得られるはずだ。鑑取りで容疑者が絞れれば、圧力をかける。自白が取れれば、問題はない。基本だよ。捜査の基本だ」

「それしかないか……。よし、引き続き、菊やんは西本といっしょに、地取りをやってくれ。俺と警部殿は鑑取りのほうを回る」

塚原が言うと、赤城が尋ねた。

「俺たちはどうすればいいんだ？」

「臨機応変にどちらかの班についてくれ」

「あの……、それで……」

百合根は尋ねた。「自殺の線で追うんですか？それとも他殺の線で……」

「警部殿、今まで話を聞いていなかったのか？」

「聞いていましたが……」

「検死官は自殺だと判断した。だが、俺たちは違う。これは、他殺だ。ここにいるみんなは、そう思っているはずだ」

つまり、STの主張を綾瀬署が受け容れたということだ。


「記者発表はどうします？」

百合根は尋ねた。「宗教団体がらみの集団自殺ということで、かなり賑(にぎ)やかになってきていますが……」

塚原は、したたかな顔で言った。

「訂正するかどうかの判断は、上層部に任せるよ。どっちにしても、マスコミが飛びつくのは目に見えている」

百合根はうなずいた。

「さて、もう遅い。あとは明日だ。今日のところは引き上げるとしよう」

塚原が立ち上がった。

6

百合根は、塚原とともに、被害者の交友関係を洗った。

亡くなった四人は、自殺よりも他殺の線が強まったということで、被害者という言い方をすることにしたのだ。

聞き込みには、山吹が同行していた。

青山は署に残った。何か調べたいことがあると言っていたが、どうせ、地味な鑑取りに興味がないだけだろうと、百合根は思った。

たしかに地味な聞き込みだった。被害者の家族から聞いた友人・知人を訪ねて歩く。

留守の場合も少なくない。

被害者のうち、田中聡美と須藤香織は会社の同僚だということだった。須藤香織が先輩だ。

二人は、大手の運送会社で事務をやっていた。誰でも一度は名前を聞いたことがある会社だ。

本社ビルは、世田谷区の用賀（ようが）にあった。住宅街のこのあたりではかなり大きなビルだ。

二人が所属していた総務課の全員に話を聞いた。課長以下六人だ。二人が生きているときには、総務課には八人いたことになる。

彼女たちの同僚の証言はほぼ一致していた。二人とも、ごく普通の若い女性だったという。苦楽苑という宗教的な団体に参加していたと、ニュースで知って驚いたと、たいていの者は言った。

事前にそのことを知っていたのは、二人だけだった。須藤香織、田中聡美の二人と比較的近しい女性たちだった。

そのうちの一人である、安田咲恵（やすださきえ）が言った。

「須藤さんが自殺するなんて信じられない。あの子、若いけどしっかりしてたし……。新入社員の田中さんの面倒をよく見ていたの。目立たない子だったけどね、けっこう男子社員に人気があったんですよ」

　安田咲恵は、二十九歳。二人よりずいぶんと先輩に当たる。彼女はさらに言った。

「二人は仲がよかったけど、まさかいっしょに死ぬなんてね……」

　彼女は、まだ二人が自殺したのだと思っている。

　塚原が尋ねた。

「須藤さんは、付き合っている男性はいましたか？」

「知りません。会社にはいなかったと思いますよ」

「田中さんはどうです？」

「さあ、そういう個人的な話はあまりしたことがないから……。でも、少なくとも噂はなかった……。あら、刑事さん、いっしょに死んだ男たちが、須藤さんたちと付き合っていたんじゃないんですか？」

「詳しいことはまだわかっていません」

「その男たちも、苦楽苑の信者でしょう？」

　塚原は、この質問にはこたえず、逆に質問した。

「借金をしたとか、金に困っているという話を聞いたことはありませんか？」

「いいえ。ま、この会社、決して給料は高くないけど、普通に暮らしていれば困らないだけの収入はあるはずです。私の知る限りでは、須藤さんの生活はぜんぜん派手じゃなかったし……」

「誰かに怨まれているという話はしていませんでしたか？」

　安田咲恵は怪訝そうな顔をした。

「それって、自殺のことを調べているんじゃないみたいですね」

「怨みを買っていたとか、誰かと揉めていた様子はありませんでしたか？」

「いいえ。ねえ、自殺じゃないんですか？」

　安田咲恵は、好奇心を顔に滲ませた。

　もしかしたら、民放テレビ局の二時間ミステリー・ドラマなんかのファンかもしれないと百合根は思った。

「私たちは、あらゆる可能性を考えて捜査します」

「つまり、殺人事件の可能性もあるということ？」

「だとしたら、何か心当たりはありますか？」

「いいえ、ありません」

安田咲恵の話が、みんなの証言を代表している。だいたい、みんなの話の中身は似たり寄ったりだ。

二人とも、特に悩みを抱えているようには見えなかったと、口を揃えて言っている。

だが、二人の直属の上司に当たる係長が言った。

「明るく振る舞っていましたが、宗教団体に入るくらいだから、何か悩んでいたのかもしれませんね」

それも、会社の人間の反応を代表している発言だった。

結局、会社の人間関係からは、犯罪の臭いは嗅ぎ取れなかった。

「会社の同僚の話を聞く限り、二人とも犯罪に巻き込まれるような人じゃありませんね」

運送会社を出て用賀の駅に続く商店街を歩きながら、百合根は言った。

塚原が、足元を見ながらこたえた。

「自殺をしそうなタイプでもない」

「そうですね……」

「だがな、警部殿。聞き込みをやるとたいていはそうだ」

「はい」

「それにしても、人は何で宗教団体なんぞに入っちまうのかな……」

「やはり、人に言えない悩みなんかがあるんでしょう」

「宗教は、人の弱みにつけ込む」

塚原は言った。「病気がちの人に、悪霊がついているせいだといえば、ころりと騙される。家族や親戚の争いが絶えない人に、先祖の霊が祟っていると言えば、信じてしまう。本当は、別にちゃんとした原因があるはずだ。それなのに、人は不合理な説明のほうを信じようとする。いったいなぜなんだろうな」

　山吹が言った。

「本当の原因から眼をそらしたいからでしょう」

「ばかな。本当の原因が突き止められれば、悩みを解消することもできる」

「そうとも限りません」

　山吹は飄々（ひょうひょう）としている。「どうしても解決できない問題もあります。不治（ふじ）の病（やまい）にかかったような場合、原因がわかっても対処のしようがない」

「治療法が見つかるかもしれない」

「家庭内に争いが絶えない人は、たいてい、原因はその人の性格にある。でも、人はそれを認めたがらない。自分が悪いとは思いたくない。だから、悪霊だの先祖の霊だののせいにしたがるんですな」

「ひとごとじゃないぜ。坊主なんかがもっとちゃんとしていれば、人は怪しげな宗教に走ることはないはずだ」

「まあ、金儲けばかり考えている同業者が多いことは事実ですね」

「京都の歓楽街へ行くと、坊主が徒党を組んで飲み歩き、他の宗派の悪口で盛り上がっているそうじゃないか」

「たしかにそういうことはありますな」

「昔はありがたい坊さんがいくらでもいたじゃないか」

「今でもおりますよ。ただ、そういう僧侶はあまり表に出ないのです」

「ちゃんとした坊さんが少なくなったから、苦楽苑みたいな宗教団体が増える」

「苦楽苑は、修行の道場だと阿久津昇観が言っていました。悪質な新興宗教とは違うと思います」

「ふん。オウム真理教だって、修行の場だと主張していたんだ」

「宗教団体に何か特別な思い込みでもあるんですか？」

　山吹が尋ねると、塚原は口をつぐんだ。

塚原はたしかに宗教関係の話になると妙に熱が入る。単に興味を持っているだけかと、百合根は思っていた。だが、塚原のこの態度を見ると、何か理由がありそうだ。

塚原はしばらく黙っていたが、用賀駅の入り口が見えてくると、ぽつりと言った。

「娘が宗教に走ったことがあってな。足抜けさせるのに、家族はひどく苦労した」

「ほう……」

山吹はそれだけ言った。

「宗教ってのは、おっかないな。こちらの論理がまったく通じなくなる。常識が通じない。話し合おうにも、話が噛み合わなくなる……」

「人の心の妙ですな」

「どういうことだ?」

「理屈もなくひたすら何かを信じることで、救われるような気持ちになることがあります。歴史上、極楽浄土を説くことで、現世に絶望した人々の希望になったという例もあります。法然の浄土宗から出て、南無阿弥陀仏の六文字を唱えるだけで、極楽浄土に行けると説いた親鸞の浄土真宗です。親鸞は、圧政と貧困に苦しむ農民には、現世では救いは求め得ないことを身をもって体験し、痛感していたのです」

「だが、極楽浄土なんて嘘だろう」

「嘘か本当かは、誰にもわかりません。でも、本気で信じる人には希望になります。イスラム教もそうです。アッラーを信じる者は、死後に天国が約束される。過酷な砂漠に住み、部族同士の戦いを余儀なくされる人々には、その教えはおおいに救いになったのです。豊かな自然に恵まれた私たちには、イスラム教の教えはなかなか馴染まない。それは、宗教が生まれる土壌が違うからです」

「宗教ってのは、もっと普遍的なものじゃないのかい」

「いいえ。人の心が生み出すものですから、きわめて土着的なものですよ。だから、世界的な大宗教は歴史的に矛盾を生じます。そのために、神学が発達するのです。神学というのは、本質的な教義と現実の社会との折り合いをつけるための解釈論なのです」

「土着的か……。そういや、仏教ってのは、土地によってずいぶん趣(おもむ)きが違うようじゃないか。たとえば、チベットやネパールあたりの寺と日本の寺はまったく違う」

「そうです。宗教というのは、伝わっていく際に必ずその土地で信仰されていた古い宗教を取り込むのです。チベット仏教では、転生者を最高指導者とします。つまり、ダライ・ラマです。転生者というのは、チベットやネパールの土着の古い信仰です。ネパールの生き神、クマリもそうですね。それが、仏教に取り込まれた形になったのです。中国で発展した大乗仏教には、道教の影響が色濃く残っています。先祖崇拝が最大の特徴ですね。もともと解脱(げだつ)への道を説く釈尊の教えには先祖崇拝はありません。御仏や菩薩に従う眷属(けんぞく)は、たいていヒンズー教の神と共通しています。これは仏教が国家宗教として発展していく過程で、意図的に取り込まれたとも考えられます」

「坊さんが言うと説得力があるな」

「キリスト教の聖母信仰もそうです。もともとキリスト教、つまりイエズス派ユダヤ教には、聖母信仰はありません。アフリカの地中海沿岸地域の信仰だった聖母信仰が取り込まれたのだという説があります。また、ゾンビで有名なブードゥー教ですが、信仰している本人たちは、キリスト教だと思っているのです。これなど土着の信仰とキリスト教が結びついた顕著な例でしょうな」

「まっとうな宗教と、人を騙すことを前提としている新興宗教はちょっと違うと思うんだがな……」

「信仰する側の心理的なメカニズムとしては同じです。何かにすがりたい。それが出発点です。それをどう利用するかです。中世ヨーロッパでは、教会が権力の座につくためにそれを利用した。日本でも為政者が人心をまとめるために仏教を利用した時代があります。新興宗教は、個人的な利益を求める」

三人は、用賀駅のホームへやってきていた。百合根は黙って二人の会話を聞くとはなしに聞いていた。

宗教談義に興味はない。

川那部検死官のことが気になっていた。おそらく、川那部は、この事案が自殺ではないことを心の中で認めている。

だが、STの前で敗北を認めたくないのだ。感情的なもつれはいかんともしがたい。これも宗教と同じで、理屈で片づく問題ではない。

百合根は胃が痛くなる思いだった。

電車が来て、三人は乗り込んだ。地下鉄だ。列車の騒音で会話がしづらい。それでも、山吹と塚原は会話を続けていた。

塚原が言う。

「じゃあ、苦楽苑の阿久津昇観は何を求めているんだ？　金か？」

「代々木上原にあれだけのビルを建てるのだから、おそらく金銭面でもやり手なのでしょうね。でも、彼は別の関心があるタイプに見えましたな」

「別の関心？」

「人当たりはいいのですが、かなりの野心家に見えました」

「ああ。それは俺も感じたな……」

「金もそうですが、それよりも名声を重んじるタイプではないでしょうか」

「僧籍を持っているのに、ただの坊さんじゃなく、苦楽苑を作って信者を集めている。そのことからも野心家だということはわかる。篠崎雄助との確執も、本当の原因はそのへんにあるのかもしれない」

「それは話を聞いてみなければわからないでしょう」

「苦楽苑に何度か足を運ぶ必要がありそうだな」

塚原は、車内を見回した。

電車はそれほど混み合ってはいない。立っている人がちらほらと見受けられる程度だ。

百合根たちはドアの脇に立っており、電車の騒音もあって他人に会話を聞かれるとは思えない。

だが、塚原は用心をしたのだ。捜査に関する話は署の外ではしないほうがいい。

塚原は、それから署に着くまでほとんどしゃべらなかった。山吹も無言だった。

綾瀬署に戻ると、赤城が言った。

「めずらしく、青山が仕事をしていたぞ」

「仕事……?」

百合根が聞き返す。

「あちらこちらに電話をしていた。篠崎雄助について調べていたようだ」

百合根は青山を見た。まるで他人事のような顔をしている。

「何かわかったんですか?」

「臨床心理士関係のつてでいろいろと調べてみたよ」

「臨床心理士?」

塚原が怪訝そうな顔をした。「なんでまた……」

百合根も不思議に思った。

青山が言った。

「篠崎雄助は、阿久津昇観とは別の方法で自分自身の信者を獲得しようとしていた。彼は科学的なアプローチや論理的な思考が人を救うと言っていた。つまり、彼は論理的なカウンセリングの能力があると自負していることになる。何かのノウハウを持っているということだよね。まあ、第一に考えられるのは、臨床心理学の知識だよね。彼は、悩みや苦しみを軽減するために一時的に睡眠薬などの薬の力を借りることが有効だとも言っていた。この発言も臨床心理学の知識があることを裏付けている。アメリカの臨床心理学では、睡眠薬だけでなく、幻覚剤も治療に有効だという新しい説が認められつつある」

「それで、調べてみたってわけか？」

塚原が尋ねた。「それで、結果は？」

「大当たり。彼は、臨床心理士の資格を持っていたし、催眠術をマスターしていた」

「催眠術……？」

「そう。臨床心理学に催眠術を利用する人は少なくない。催眠状態にすることで、本人が忘れてしまっている心理的なトラウマが見つかったりするんだ」

塚原は、どっかとパイプ椅子に腰を下ろし、何事か考えていた。

百合根には、塚原が考えていることがだいたい想像がついた。催眠術で四人を死に追いやることが可能かどうか考えているに違いない。

赤城が言った。

「断っておくが、催眠術で自殺させることは不可能だ。催眠術で強い暗示をかけられていたとしても、生存本能が勝る。こいつは常識だ」

「ああ、わかってる」

塚原が言った。「だが、薬を飲ませることはできるだろう」

「それは可能だね」

青山が言った。「でも、催眠術をかける必要なんてないんじゃない？ 死んだ四人は、篠崎雄助を信頼していたんでしょう？ 薬を飲めと言えば飲んだんじゃない？」

「どうかな……」

赤城が言った。「どんな眠剤でも用量を守れば、正体がなくなるほど深く眠ったりはしない。普通の睡眠状態に入るだけだ。意識を失わせるほどの量を飲ませるとなると、飲めと言うだけではだめだろう」

「でも、催眠術を使えるなら、薬を飲ませる必要はない。深い催眠状態にすればいいんだ」

赤城は何も言わなかった。青山の言ったことを認めたのだ。

塚原は、無言で立ち上がりホワイトボードの篠崎雄助の名前の下に「催眠術」と書き込んだ。

そこへ、地取りに回っていた菊川たちが帰ってきた。彼らは初動捜査のとき以上にめぼしい収穫を持ち帰ることはできなかった。

まだ、確実な情報が何もつかめていない。百合根はそう感じていた。

おそらく塚原も菊川もそうだろうと思った。

STのメンバーたちは、実に淡々としている。青山が文句を言いださないのだけが、百合根にとって救いだった。

捜査員の四人は、疲労を滲ませ、帰宅した。

7

午前十時に苦楽苑を訪ねたが、阿久津昇観は、瞑想の指導をしているということで、すぐには話が聞けそうになかった。

そこで、先に山県佐知子に話を聞くことにした。

今回は、六人でやってきていた。百合根、塚原、山吹に加え、青山、翠、黒崎がいた。

何を思ったか、青山がついていくと言いだしたのだ。翠と黒崎のコンビは、人間ポリグラフの役割を期待した塚原が同道を依頼したのだ。

訪問を受けるほうにとっては大人数だ。山県佐知子は、ふと怯えたような表情を見せた。

塚原が説明した。

「あの四人の死についてですが……。実は、自殺ではなく、他殺だった可能性も出てきました」

山県佐知子の白い額にしわが刻まれる。

「他殺……」

「それで、あらためて詳しくお話をうかがいたいのです」

山県佐知子は、緊張した面持ちで一行の顔を順に見ていった。

それから、彼女は気持ちを落ち着けるためにか、大きく息を吸い、それをゆっくりと吐きだした。

「道場のほうにおいでください。そちらで話をしましょう」

彼女が道場と呼んだのは、防音措置が施された例の修行のための小部屋だ。

空いている道場を見つけ、彼女は一行を招き入れた。エアコンで心地よい室温に保たれている。

部屋の中央にはテーブルがあり、椅子がそれを囲んで置かれている。

部屋の隅に黒くて丸い小さな座蒲団のようなものが置いてあった。坐禅のときに使うものだということを、百合根も知っていた。

山吹がそれを見て言った。

「単ですな」

「はい」

山県佐知子がこたえた。そうすると、「このテーブルは簡単に取り外せます。瞑想のためのスペースとなります」

「つまり、禅定ですな」

山吹が言う。

「坐禅というのは、どんな寒い季節でも暖房などなく、窓を開け放った厳しい環境でやるものだと思っていましたが……」

百合根が言うと、山県佐知子は言った。

「そちらの方は、曹洞宗でしたね。当主がそう申しておりました」

山吹はうなずいた。

「ならば、ご存じでしょう。禅定は、冬には温かく、夏には涼しい場所で、柔らかいものを下に敷いてやるものだと、道元禅師もおっしゃっています」

山吹がこたえた。

「たしかに……。しかし、普通修行者は、厳しい環境で禅を組みます」

「それは、プロになるためでしょう？　私たちは、プロの宗教家を養成しているのではありません」

「プロの宗教家ですか……」

山吹が頭をかいた。「ま、いろいろな見方がございますからな……」

塚原と山県佐知子がテーブルを挟んで向かい合っている。

塚原の左隣が百合根、右隣が山吹だ。

百合根の脇には青山がいる。山吹の向こう側に翠と黒崎が並んで座っていた。

「さて」

塚原が山県佐知子を見つめて言った。「あの四人についてあらためてうかがいたいのですが、何か問題に巻き込まれていた様子はなかったですか？」

「いいえ」

「あの四人が、あるいは四人の中の誰かが、怨みを買っていたというようなことは？」

「そんなことはなかったと思います」

「ご当主と篠崎さんの対立というのは、かなり深刻なものだったのでしょうね」

「私はそういうことについて、しゃべる立場にありません」

「でも、お近くにおられて、つぶさにお二人のことをご覧になっていたでしょう？」

「私は当主から教えを受ける立場です。篠崎も指導的な位置におりました。私の口から指導者たちの個人的な問題を申し上げるわけにはいきません」

「個人的な問題ではないはずです。結局、篠崎さんは苦楽苑を辞められた。これは、教団としての問題じゃないのですか？」

山県佐知子は押し黙った。

塚原が言った。

「二人の諍(いさか)いはいつごろから始まったのですか？」

「詳しいことは存じません。そういうことは、直接当主にお訊きください」

「ご当主と篠崎さんの意見が対立していることは、信者のみなさんはご存じでしたか？」

山県佐知子は、しばらく無言で考えていた。どうこたえるのが無難か考えているに違いないと百合根は思った。

やがて彼女は言った。

「知っていたでしょう。そういう話はあっという間に広がるものです」

「お二人の間に金銭的なもめ事はありましたか？」

山県佐知子は、わずかに目を見開いた。

「とんでもない。どちらもお金に執着する人間ではありません」

「しかし、金に関心のない方がこのようなビルを建てられるとは思えませんね」

「すべて信徒のためです。当主の生活はごく質素なものです。実際、当主はこのビルの六畳一間に住んでおります」

「なるほど……。では、女性関係は……？」

「そういう世俗の欲に絡む争いではありません。あくまで、指導の方法論の違いで対立したのです」

塚原は、鼻から息をついた。了解したという意味なのか、納得できないという意味なのか、百合根にもわからなかった。

そのとき、翠と黒崎が顔を見合わせた。

塚原もそれに気づいたようだ。彼は翠を見た。

翠が言った。

「あなた今、嘘を言いましたね？」

山県佐知子は、さっと翠のほうを向いた。

「嘘など言っていません」

「少なくとも、何かを隠そうとしたでしょう」

人間ポリグラフにひっかかったというわけだ。

「私は善意で協力しているのです。そういう言い方をされる筋合いはないと思いますが……」

塚原が言った。

「もちろんです。しかし、こちらも少々事情が変わりましてね……。他殺の捜査となると、当然、追及も厳しくならざるを得ない……」

「私は隠し事などしていません」

「ご当主と篠崎さんの対立は、本当に指導上の方法論の違いだけなのですか？」

「そう申し上げたはずです」

「篠崎さんはそれだけのことで、すべてを捨ててここを出て行かれたのですか？」

「それだけのこととおっしゃいますが、当人たちには、一番重要なことだったはずです」

「お二人に人間関係のこじれはなかったということですね？」

「少なくとも、私はそう思っています」

「亡くなった四人ですが、篠崎さんが指導を担当なさっていたそうですね？」

「はい」

「篠崎さんは、ご自分のやり方で彼らを指導していたのでしょうか？」

「それは許されません。苦楽苑で修行なさる方は、みな当主の指導に従わねばなりません」

「それはたてまえでしょう。篠崎さんは、足立区の分院になる予定の部屋で何度か指導をされていたそうですね」

山県佐知子は、また少しだけ目を見開いた。

「誰がそんなことを言いました？」

「篠崎さんご本人から聞いたのです」

彼女もやはり警察の捜査というものを甘く見ている。百合根はそう思った。

翠と黒崎が指摘したのだから、彼女が嘘をついているか隠し事をしているのはたしかだ。人間は咄嗟(とっさ)に嘘をつくことがある。

本当のことを言いたくない場面は、日常において少なからずある。だが、警察に対して嘘をつくのは決して得にはならない。

山県佐知子は、目を伏せた。

「たしかに、篠崎がそのようなことをやっていたと聞いております。当主はそれを問題にしたのかもしれません」

「普段、あの部屋に鍵はかかっていましたか？」

「は……？」

不意をつかれたように、山県佐知子は塚原の顔を見つめた。「鍵ですか？」

「そう。あの部屋の鍵を持っているのは、三人だけ。あなたと、ご当主と、そして篠崎さんでしたね」

「そうです」

「もし、普段部屋に鍵がかかっているとしたら、誰かがあの四人のために鍵を開けてやったことになります」

「実を言うと……」

山県佐知子は言った。「私は知らないのです」

「知らない？」

「ええ。あの部屋の管理は篠崎に任せておりました。私は、あそこへ足を運んだことはほとんどありません」

「篠崎さんがここをお辞めになってからは、どなたが管理していたのですか？」

「当主です。もともと当主が借りた部屋ですから……」

塚原は、翠の顔をちらりと見た。翠は何も言わなかった。

ノックする音が聞こえ、ドアがさっと開いた。

阿久津昇観が現れた。

「お待たせしました。今日はまた大勢ですね」

山県佐知子が、塚原に尋ねた。

「私はもうよろしいですか？」

塚原はうなずいた。

「ご協力、ありがとうございました」

「何です？」

阿久津昇観は言った。「山県にも、また話を聞いたのですか？」

「ええ」

塚原がこたえた。「当初、あの四人の死について、自殺と発表されましたが、調べが進むにつれ、他殺の疑いも濃くなってきました。それで、こうしてみなさんにあらためてお話をうかがっているのです」

「他殺ですか……」

阿久津昇観は、縁なしの眼鏡を右手の人差し指で押し上げた。眉間(みけん)にしわを刻み、目を二度三度しばたたいた。

「では、私はこれで失礼します」

山県佐知子が席を立ち、出入り口に向かった。入れ替わりで阿久津昇観が席に座った。

彼は深刻な表情で部屋の中の一行を見回した。

「自殺ではないのですか?」

塚原は、こたえた。

「自殺、他殺の両面で捜査を進めています」

これは一般向きのこたえだ。実際には、ほぼ他殺と断定して捜査しているのだ。だが、一般人にそこまで話す必要はない。

刑事らしいこたえだと、百合根は思った。

「しかし……、他殺の疑いが強まったというだけで、こんなに大人数でいらっしゃるのですか?」

「まあ、そのへんはケースバイケースです」

「それで、私に何を訊きたいのです?」

「あの四人が、どうしてあの部屋で死んでいたかが問題でしてね……」

「その点については、私もいろいろと思うところはあります。信徒さんが、分院予定地で亡くなったのですから……」

「あの部屋の管理は、篠崎さんに任せていたそうですね?」

「ええ。ゆくゆくは篠崎に分院を任せようと思っていましたから」

「指導のしかたで対立していたのではないのですか?」

「たしかに意見の食い違いはありました。しかし、根本のところでは二人の考えは同じだと私は思っていました。先日もお話ししました。私は、議論は大歓迎だと……。意見を戦わせることによって問題は解決できる。私はそう信じています」

「しかし、篠崎さんは苦楽苑をお辞めになった……」

「残念なことです。彼には時間が必要なのかもしれない」

「指導の方法論で対立なさっていたと聞きました。具体的にはどういうことだったのですか？」

「彼は、修行に臨床心理学や医学の知識を導入しようとしていました。そして、集団で指導することを好んだのです。私は、心理学や医学は否定しませんが、それよりも個人的な修行に重きを置くべきだと考えています。瞑想と思索、そして対論。それが何より重要です」

「篠崎さんは、宗教は科学の残滓だと言っておられたが、私らにはそれがどういうことなのかよくわからない。説明してもらえますか？」

「篠崎に会われたのですか？」

「ええ」

「ならば、本人に尋ねるべきでした」

「説明を聞いたような気がするのですが、どうも理解できなかったのです」

「未開の地を見ると明らかですが、宗教というのは、科学と同じなのです。宗教的指導者が星を読み、暦（こよみ）を決め、薬を調合し、治療を施す。治水や建築の知識も宗教的な指導者が独占していました。それらは、原始的な社会にとって、きわめて有用なのです。中国の道教もそうです。道教は、儒家・墨（ぼく）家・陰陽（いんよう）家・神仙家・医家などの諸学派の修練理論に分かれ、さらに仏教などを取り入れて複雑に発展してきました。道教を修（おさ）めた者を方士（ほうし）といいますが、おおざっぱに言うと、方士というのは古代の中国にあっては先進の科学技術を担（にな）う集団だったのです。だからこそ、神聖視されたわけです。しかし、人類が文明化するにつれて、科学と宗教が分離していきました。それは当然の成り行きです。科学は独自に発展してゆき、宗教は重要な役割を失った。篠崎が言う、宗教は科学の残滓だというのはきわめて簡単にいうとそういうことです」

「たしかにキリスト教やイスラム教、ユダヤ教なんかを科学だと言う人は現代にはいない」

「世界的な大宗教ほど、もともとの科学的な役割が失われていると、篠崎はいいます。これらの一神教は一番大切な教義が秘匿されていて、それを一部の宗教的な権威が独占しているのだと……。たとえば、バチカンです。バチカンには、聖書を読み解くための重要な秘密が厳重に保管されているらしいのです」

「聖書を読み解くための重要な秘密?」

「カバラ、つまり秘数学です。つまり、聖書に頻繁に出てくる１４４とか、７とか６６６といった数字が重要なのです。これは、歳差運動といって、地球の地軸が一回転する年数の約数になっているのだそうです」

「カバラは聞いたことがあります。しかし、何のために秘数学などが存在しているのですか?」

「教会の権威を保つためという説もありますが、実は地球規模の天変地異を予測するためだといわれています」

「地球規模の天変地異……?」

「つまり、彗星や巨大隕石群の衝突です。地球の文明は、紀元前一万一千年ころに一度滅んだという説があります。それまでは高度な文明を築いていたのですが、一度紀元前一万一千年に絶滅して、またゼロから始めなければならなかった。原因は、彗星か巨大隕石の衝突でした。しかし、その幻の文明からのメッセージが残されていた。それが、ウル・シュメールの記録であり、世界各地に残るオーパーツと呼ばれる不思議な遺跡群なのです。そうしたかすかな記憶がユダヤ教をはじめとする世界的な宗教となったとなえる人が近年少なくない。イエズス・キリストは、カバラを公開することによってユダヤ教をより完全なものにしようとしたのです。従って、新約聖書には、数字が頻繁に出てきます。カバラは、天体の運行を示す数字を決して忘れ去られないように歴史に残すための知恵だったのです。それにより、一度文明を滅ぼした流星群や彗星に常に注意を向けさせたわけです」

「グラハム・ハンコックなんかの説だね」

　青山が言った。「刺激的で、興味深い説だけど、考古学とは整合性がない場合もある」

「私には詳しいことはわかりません。篠崎は、そういう話を信じています。仏教の教典でも、もっとも大切なのは、108とか、49とか、72とかいう数字なのだと、彼は言っていました。例えば、弥勒菩薩がこの世に下生して龍華樹の下で成道し、三会の説法を行うのは、釈尊入滅後、五十六億七千万年後とされていますが、実は、この五十六億七千万という数字も、天体の運行から導き出された数字だと篠崎は言っていました。密教もそうです。もともと密教というのは、インドの冶金技術、つまり錬金術の名残だと篠崎は言っていました」

「密教が錬金術の名残……？」

「そうです。古代インドでは、冶金の技術は最高の科学技術だった。その技術を独占することがバラモンの特権だったのです。そして、鉱山の労働者として位置づけられていたのが、アウトカーストのチャンダーラです。バラモンはきびしくチャンダーラを管理する必要があったのです。最高の科学が、最高の宗教という形でバラモンたちに受け継がれていったのです。それが、密教の正体だと篠崎は言うのです。たしかに、密教では護摩を焚き、経文を唱えながら、さまざまな容器に入れた油を火に加えます。その様はまるで科学者が実験をしているようにも見えます」

「それをそのまま信じていて、信者にそれを信じさせようとすれば、新興宗教と変わりない」

　塚原が言った。「俺にはオカルトにしか聞こえん」

「そう。トンデモ本の世界ですね。だから、私は受け容れられなかった。宗教が古代においては、科学と同じだったという点は納得ができます。しかし、今の宗教がすべて古代の科学の残滓でしかないと言い切る篠崎の説には賛同しかねましたね」

「それでも篠崎さんに指導を任されていたのですね？」

「ええ。彼は長年、私とともに修行を続けてきました。私は対立する部分より、共有できる部分のほうがずっと大きいと感じていました。彼に指導を任せても問題ないと判断したのです」

「しかし、二人の間の対立は解消しなかった……。そうですね？」

「篠崎は、科学の残滓でしかない宗教では本当に人を救うことはできないと言っていました。だから、救いを求める人、苦しんでいる人には科学的なアプローチが必要なのだと……。つまり、臨床心理学的な手法や医学の利用です」

「それはそれで有効なのではないのですか？」

「しかし、それは苦楽苑の役割ではありません」

「亡くなった四人の体内から薬物が検出されました。睡眠薬です。苦楽苑の指導で向精神薬などの薬物を使用することはないのですか？」

「私は医者ではありません。そんなことをしたら薬事法違反で捕まってしまうじゃないですか」

　薬事法の第四九条だ。

　医者や歯科医の処方箋なしでは、指定薬剤を販売、授与してはいけないと定められている。

　そして、向精神薬はほとんどが指定薬剤だ。

「なるほど」

　塚原が言った。「篠崎さんは、どうでした？」

「彼は臨床心理士の資格を持っていましたが、医者ではありません。薬の処方はできないはずです」

「篠崎さんが彼らに薬を与えた可能性はないと

……」

「たしかに彼は、本当に苦しんでいる信徒は、一時的に薬剤の助けを借りるべきだと主張していました。しかし、実際に彼が与えたかどうかは、私にはわかりません」

「お二人の対立の原因ですが、純粋に信徒の指導方法の食い違いだけだったのですか？」

「そうとは言い切れませんね」

「ほう。……といいますと？」

「宗教観に対するアプローチの差といいますか……。私は、瞑想によって解脱を目指すという釈尊の教えを第一に考えています。そういう意味では、原理主義といっていいでしょう。しかし、篠崎はもっと社会的な意義を見つけ出そうとしていたようです」

「宗教を科学の残滓と言い切る人が、宗教の社会的な意義を求めようとするのですか？」

「彼は物事を断定的に言い過ぎるきらいがあります。科学の残滓といいながら、その実、必要性も認めているのです」

「それだけの違いがあるにもかかわらず、あなたは、お二人の根本的な考えが同じだとおっしゃるのですか？」

「はい。二人とも釈尊の教えは、現代社会をよりよくすると信じています」

「篠崎さんが苦楽苑をお辞めになったのには、ほかにも理由があるのではないですか？」

「ほかの理由といいますと？」

「人間関係です。例えば、男女の問題とか……」

「私も篠崎もそういうことには興味はありません」

「人間関係で揉めた事実はなかったということですか？」

「ありませんでした」

塚原はまたちらりと翠のほうを見た。

翠は、腕を組んだまま阿久津を見つめていた。黒崎も同様だ。

二人は判断に苦しんでいるようにも見えた。

塚原が質問を続けた。

「現場の部屋ですが、普段鍵はかかっていましたか？」

「ええ。かかっていたと思います」

「先日、うかがったときにも、あなたはそうおっしゃった。たしかですか？　もし、いつも鍵がかかっているとしたら、誰かがあの四人を部屋に入れたことになる。その人物が彼らを殺したという可能性が強いのです」

阿久津昇観は、ふと表情を曇らせた。

右手の人差し指で縁なしの眼鏡を押し上げる。どうやら、緊張したときの彼の癖のようだ。

目を伏せて考えていたが、やがて言った。

「鍵はいつもかかっていると思っていました。山県や篠崎にもそう指示していましたし……。しかし、実のところ、私にはわからないのです」

「わからない？」

「はい。苦楽苑を辞める直前の頃、篠崎はよくあの部屋を勝手に使っているようでした。まあ、いずれあの部屋を彼に任せようと思っていましたから、私は何も言いませんでした。私は、部屋を買ったときからほとんど足を運んでいません。だから、篠崎があの部屋に鍵をかけていたかどうか、私にはわからないのです」

塚原は、しばらく無言で阿久津昇観を見つめていた。

翠と黒崎も阿久津昇観を見つめている。百合根は奇妙な緊張を感じていた。

「篠崎さんが苦楽苑を辞められてからも……」

塚原が尋ねた。「鍵を預けっぱなしにしていたのですか？」

「うっかりしていたのです。鍵のことなど、忘れていました。それに、いずれ彼が戻ってきてくれることを期待していましたし……」

「その可能性はあるのですか？」

「篠崎次第です。私は彼に戻ってきてほしい」

「大学時代からのお付き合いだそうですね」

「ええ。彼は真面目な学生でした。私のほうが遊んでいました」

「仏教系の私立大学ですね？」

「そうです。真面目に勉強していた篠崎が一般企業に就職し、私は得度して僧侶になった。皮肉なもんです」

「あの部屋に、最後に行ったのはいつです？」

阿久津昇観は考え込んだ。

「正確には覚えていません。ずいぶん前のことです」

「最近は行かれていないのですね？」

「行っていません」

塚原はうなずき、しばらく考えてからルーズリーフのノートを閉じた。質問を終えるという意味だ。

阿久津昇観がそれを見て言った。

「次の予定が入っています。もう、よろしいですか？」

塚原は型どおりの礼を述べた。阿久津昇観は立ち上がり、百合根たちが部屋を出るのを待った。

廊下に出ると、一人の若者がたたずんでいた。

町田智也だった。

彼は、緊張した面持ちでぽつんと立っていた。

阿久津昇観が部屋から出てきて彼に気づいた。

「君は、町田君だったね？」

「はい」

町田智也は、ますます緊張の度を高めた。

「亡くなった四人と親しかったそうだね。残念なことになった」

「ええ……」

「何か話があるのか？」

「いえ、あの……。当主様にではなく、そちらの……」

「警察の方に話があるのか？」

阿久津昇観は、塚原のほうを見た。

「ちょうどいい」

塚原は言った。「あなたのところにも、うかがおうと思っていたのです」

町田智也は、探るような目つきで塚原を見た。

「えと、あの……。お話ししたいのは、そちらの方なんですけど……」

町田智也は、山吹を見ていた。

みんなが山吹に注目した。

山吹は、平然と町田智也を見ていた。穏やかな眼差しだ。

阿久津昇観が町田智也に尋ねた。

「彼に何の話があるんだ?」

町田智也は、まるで叱られたように、顔を赤くして口をつぐんだ。

山吹が言った。

「お話はうかがいましょう。その前に、この刑事さんの質問にこたえてもらわねばなりません」

阿久津昇観が塚原に言った。

「私も同席させていただくわけにはいきませんか?」

塚原が聞き返した。

「なぜです?」

「彼はうちの信徒さんです。親しい友人を亡くしてつらいはずです。私には彼に対する責任がある」

「同席は遠慮していただきます」

「しかし……」

「ご理解ください。これは殺人の捜査なのです」

「殺人……」

町田智也が、口を半開きにしてそうつぶやいた。

塚原が町田智也のほうを見てこたえた。

「ええ、そうです。当初は自殺と発表されましたが、他殺の疑いが出てきました。殺人の可能性もあります」

町田智也は、おろおろとみんなの顔を見回した。

塚原が言った。

「さあ、とにかく話を聞かせてもらいましょう。この部屋、もうしばらくお借りしていいですか？」

8

部屋に戻った一行は、先ほどと同じ席に座った。山県佐知子や阿久津昇観が座った席に町田智也がいた。

塚原が、言った。

「偶然、あなたに会えてよかった」

「偶然じゃないんです」

町田智也は言った。相変わらず、おどおどとした態度だ。

百合根はなんだか自分を見ているようで、気恥ずかしくなってきた。

「偶然じゃない？」

「ええ。予約の電話を入れたら、今警察が来ていると言われて……。もしかしたら、曹洞宗の方もいっしょじゃないかと思って……」

「とにかく、彼との話は後だ。まず、事件について少し質問をさせてもらいます」

「あの、本当に殺人事件なんですか？」

「我々はその可能性もあると考えています。ですから、ぜひご協力ください」

「はい……」

「まず、あの四人との関係を詳しく聞きたいのですが……」

「それは前に言いました」

「園田健さんとは大学の同級生でしたね。園田さんが吉野孝さんと、インターネット関係の集まりで知り合った……。吉野さんが苦楽苑をお二人に紹介した。田中聡美さんと須藤香織さんとは、苦楽苑で知り合われた……。これで間違いありませんね？」

「間違いありません」

「あなた方五人の中で、吉野さんと須藤さんはおつきあいをされていた。そして、園田さんと田中さんもカップルだった。そうでしたね？」

「カップル……？ それ、事件と何か関係あるんですか？」

「被害者の人間関係を知ることは重要です。どうなんです？」

町田智也は、ちらりと青山のほうを見た。

以前、話を聞きに行ったときに、青山に指摘されたことが気になっているのだろうと、百合根は思った。

「ええ。そのとおりです」

捨て鉢な言い方だった。

「四日前の夜、つまり、事件の夜ですが、あなたは一日中自宅におられたのですね？」

「そうです」

「近所のコンビニに食料を買いに出かけた以外は、ずっと部屋にいたと言いましたね？」

「はい」

「コンビニでいちおう訊いてみたのですが、確認が取れませんでした。ほかに、どなたかそれを証明してくださる人はいませんか？」

「いません」

町田智也は、不安そうな顔つきになった。

誰でも、刑事にこんな質問をされると不安になるだろう。これは、通常の反応だと百合根は思った。

「四人が誰かに怨みを買っていたということはありませんでしたか？」

「わかりません。なかったと思いますけど……」

「けど……？　何か心当たりがあるんですか？」

「吉野さんは、ネットであちらこちらに書き込みしてましたから、掲示板上で喧嘩したことも何度もありました。怨みに思っている人もいるかもしれませんん」

「ネット上での喧嘩ね……」

「実際の喧嘩よりずっと陰湿なんです」

「そういう話は聞いたことがある。そのほかに何か心当たりはありませんか？　たとえば、人間関係のもつれとか……」

「人間関係のもつれ……？」

「そう。三角関係とか……」

「いいえ。そういう話は聞いたことがありません」

「金銭関係の問題を抱えていた人はいますか？」

「いいえ。それもなかったと思います」

「吉野さんと須藤さんがおつきあいを始めたのはいつごろですか？」

「さあ……。知ったのは一ヵ月ほど前ですけど……。たぶん、ずいぶん前から秘密でつきあっていたんだと思います」

「園田さんと田中さんは……？」

「やっぱり、知ったのは一ヵ月ほど前です。あいつら、三ヵ月くらい前からつきあっていたようです。最近では、園田はほとんど聡美の家に住んでいるような状態でしたから……」

「つまり、同棲していたわけですね？」

「そうです」

「そのことについて、あなたはどう思いましたか？」

町田智也は、小さく肩をすくめた。

「どうって……、別に……」

「五人グループの中で、あなただけが孤立した状態だったわけですよね？」

「そんなこと、あまり考えたことないです。だって、修行のために苦楽苑に来ているわけだし……」

「なるほど……」

これは明らかにたてまえだということが、百合根にもわかった。塚原もそう感じたに違いない。

町田智也は、孤立していることを気にしていたのだ。

しばらく沈黙があった。やがて、町田智也が、ふくれっ面で言った。

「人間関係のトラブルなら、ここの幹部のほうが問題じゃないですか？」

塚原は、町田智也の顔を上目遣いに見つめた。

「それはどういうことです？」

「僕はこんなことは言いたくないんだ。でも、刑事さんがプライベートなことを訊くから……」

「ここの幹部ってのは、誰のことです？」

「当主様に山県さん、そして篠崎先生です」

「その三人が人間関係のトラブルを抱えているというのですか？」

「信徒なら誰だって知っています。三角関係ってやつですよ」

「三角関係……？　つまり、山県佐知子さんを巡って、ご当主と篠崎さんが争っていると……」

「そうです。誰も口には出さないけど、篠崎先生がここを出ていった本当の原因は、そこにあるって思っているんです」

「詳しく聞かせてください」

町田智也はまた、肩をすくめた。

「僕も詳しいことを知っているわけじゃないです。噂ですから……。最初、篠崎先生が山県さんとつきあおうとしていたんだけど、当主様が割って入ったとか……。本当に当主様がそんな俗っぽいことをするかどうか、わかりませんけど……」

塚原は百合根のほうを見た。

百合根は、何か言おうと思ったが、何を言っていいかわからず黙っていた。

また、短い沈黙があった。

塚原は言った。

「山吹に用があると言ったね？　話すといい」

町田智也は、戸惑った表情を見せた。

おそらく二人だけで話したいのだろうと、百合根は思った。しかし、塚原はそれを許すような態度ではなかった。

町田智也は、自分を奮い立たせるように一つ深呼吸をすると、言った。

「あの、お寺で禅の修行をさせていただけませんか？」

山吹は、平然と言った。

「それはできませんね」

町田智也は、驚いた表情で尋ねた。

「どうしてです？」

「禅の修行は生半可な覚悟でできるものではありません。何もかもなげうつ覚悟が必要なんです」

「でも、テレビなんかでよくお寺で坐禅を組む人を見ますけど……」

「禅定のご指導はいたします。体験したいとおっしゃる方には場所も提供します。しかし、それと本当の禅坊主の修行とは違います」

「あの……」

町田智也は、狼狽した。「禅の修行ってそんなにたいへんなんですか？」

「一言で言うと、生きるか死ぬかです。若い修行僧は、とことん追いつめられます。まず、入門するのもたいへんです。寺に入門を願い出ても、すぐには受け容れてもらえません。何回も通ってようやく許されるのです」

「そんな……。修行したい人にはいつでも門が開かれている。当主はそうおっしゃってました」

山吹はほほえんだ。

「入門をお断りするのは、優しさでもあるのですよ。禅の修行は厳しい。なにも禅寺に入門しなくても、ほかの生き方がありますよと、無言で教え諭すのです。そこで、入門希望者は自分自身の心に問うわけです。つまり、覚悟です」

「道元禅師は、只管打坐と言われたじゃないですか。ただひたすら坐禅を組むという意味でしょう？」

「それは、例えば、プロ野球選手が、ただ来た球を打つだけだ、と言っているようなものです」

「じゃあ、僕たちが苦楽苑でやっている修行は、草野球みたいなものだというのですか？」

「何を目的にしているかによりますね。本当に仏性を体感し、悉有仏性を悟ろうとするなら、苦楽苑での修行とおっしゃっていることは、野球にすらなっていません。キャッチボールのためのグローブのはめ方を学んでいるようなものでしょう。しかし、ご自分のレベルで何かの満足を得ようとなさっておられるのなら、それで充分とも言えます」

「厳しい修行って、どういうふうに厳しいのですか？」

「まず、入門者は、こだわりや心の偏りを徹底的に打ち砕かれます。変なプライドや生半可な知識は修行の邪魔になるので、徹底的に取り除くのです。実際に、ありとあらゆるいじめにあいます。坐禅を組んでいると、額をこづかれてひっくり返されます。それが、何度も何度もしつこく繰り返されるのです。さらに、警策でしたたか打ちすえられます。どんなに寒い日も暖房はありません。そう。道元禅師は、たしかに只管打坐と言われました。禅の修行というのは、ひたすら坐禅を組むための心構えを養うためのものです。打ちすえられ、いじめ抜かれて、どん底に突き落とされ、そこから這い上がってでも坐禅を組むという心構えです」

町田智也は、唇を噛んだ。

「しかし」

山吹が言う。彼の口調は終始淡々としている。

「それは、修行僧の話です。一般の方々には、もちろんそんなことはしません。禅を体験していただくのが目的ですから……」

「体験でいいです」

町田智也は言った。「ぜひ、お寺で坐禅を組ませてください」

「寒さがこたえる季節です。それでもいいですか？」

「はい」

山吹はうなずいた。

「けっこう。いつでも来てください」

塚原と百合根が相談して、いったん綾瀬署に引き上げることにした。

それにしても、山吹の寺で坐禅を組みたいとは……。

百合根は思った。

おそらく、最初に会ったときから考えていたに違いない。そういえば、山吹が曹洞宗の僧侶だと知って、何か言いたげにしていた。

坐禅なら苦楽苑でも組めるはずだ。

本物の禅を体験したいということか。ということは、苦楽苑の修行に満足していないということだろうか……。

百合根はそんなことを考えていた。

それにしても、山吹はまったく動じた様子がなかった。

まるで、町田智也の申し入れを予期していたようにも見える。

本当に予期していたのかもしれない。

百合根は、山吹の飄々とした横顔を見ながら思っていた。

「ご当主様は、何か嘘をついたか？」

署に戻り、どっかとパイプ椅子に腰を下ろすと、塚原は翠に尋ねた。

　翠は腕組みをして難しい顔をしている。

「はっきりしないのよ」

「はっきりしない？　なんだ、STご自慢の人間嘘発見器もたいしたことないじゃないか」

「別に自慢にしているつもりはないわ」

　翠は言った。「質問に単純にこたえると、ノーよ。彼が嘘をついた兆候はなかった。でも、ちょっと変なの」

「何が変なんだ？」

「心拍数の変化がほとんどない。これは、普通あり得ない。刑事に尋問されると誰でも緊張するし、質問の内容によっては、やましいことがなくても動揺する。だから、常に心拍数も変化するわけ。でも、阿久津昇観の場合、そういう変化が感じられなかった。黒崎さんも同じことを言っている」

　黒崎が無言でうなずいた。

　赤城が代わりに言った。

「黒崎は、発汗量の変化やアドレナリンなどの興奮物質の分泌を嗅覚で感じ取る。変化がないということは、阿久津昇観が緊張も興奮もしていなかったということだな」

　塚原が翠に尋ねた。

「阿久津昇観の場合、それが不自然だというんだな？」

「生理的な反応がフラット過ぎるのよ」

「それほど不思議なことではありませんね」

　山吹が言った。

　一同は山吹に注目した。

「苦楽苑の信徒さんたちは別として、阿久津昇観自身は、禅の修行をみっちりと積んだに違いありません」

「それがどうした？」

　塚原が訊く。山吹は、淡々とこたえた。

「呼吸法ですよ。禅定のときは、調息を行います。ゆっくりとした腹式呼吸です。臍下（せいか）丹田（たんでん）を意識します。すると、心拍数も呼吸数も減少して安定します。血圧も安定します。おそらく、阿久津昇観は、私たちが質問する間、ずっと調息をしていたのでしょう」

「それで、生理的な反応をコントロールしたというのか?」

塚原が尋ねた。「そんなことが可能なのか?」

「可能です」

「なんとまあ、禅恐るべしだな……」

「でも、なんで?」

青山が言った。「どうして阿久津昇観は、禅のテクニックを使って生理的反応を減らしたりしたの? まさか、人間ポリグラフがいることを知っていたわけじゃないでしょう?」

彼は、すでにこの部屋に居場所を確保している。

彼がいつも席に着くテーブルの一画には、さまざまな資料が散乱していた。

どれ一つとして同じ角度で置かれている書類がない。

赤城が青山の疑問にこたえた。

「翠や黒崎ほど鋭敏でなくても、人間は相手の緊張や不安を感じ取る。それは表情や顔色に出る。阿久津はそれがいやだったんだろう」

「だから、どうしてさ」

青山はさらに言った。「どうして、阿久津昇観は、心理的な動揺を僕らに悟られまいとしたの?」

塚原が言った。

「町田智也が言ったことが本当だとしたら、あまり人に知られたくはないだろうな」

「三角関係のこと?」

「そうだ」

「そんなこと、誰かに聞けば簡単にわかっちゃうじゃない。町田智也も言ってた。信徒なら誰だって知ってるって……。ほかに隠したいことがあったんじゃない?」

「そうとも言い切れないでしょう」

山吹が言った。「できれば、男女間のトラブルは隠したいというのが人情でしょう。それに、緊張というのは不快なものです。それを避けるために禅のテクニックを使っていたとも考えられます」

「でもね」

青山が言った。「阿久津昇観が何かを隠そうとしていた可能性は否定できない」

山吹は何も言わなかった。ただ穏やかな表情で青山を見返しているだけだった。

たしかに阿久津昇観が嘘をつこうとした可能性は捨てきれないと百合根は思った。

しかし、思慮深い山吹が阿久津昇観を弁護するような言い方をしたのが気になった。

そこへ、地取りに回っていた菊川と西本が戻ってきた。

「おい、綾瀬署の若いのは、なかなかやるな」

菊川が言った。少々興奮気味だ。

「何事(なにごと)だ？」

塚原が言った。「綾瀬署は最前線だ。嫌だって優秀な刑事になるんだ」

「七輪だよ」

「七輪……？」

「現場に残されていた物は少ない。目張りのガムテープや七輪の購入ルートを、おたくの西本に当たってもらっていたんだ」

「七輪の入手先がわかったのか？」

西本がかすかに笑みを浮かべて言った。

「昔は七輪がどこの家庭にもあった。そんな時代だったら、とうてい販路は特定できなかったでしょうね。今では、限られたところで製作されていて、なおかつ限られた店に卸(おろ)されている。製造元はすぐに特定できました。そして、販売店も絞れました。販売店リストの中に、合羽橋(かっぱばし)にあるサカイという調理器具専門店がありました。そこで、あの七輪を買ったのは、篠崎雄助でした」

塚原が驚いた顔になった。

「本当か？」

西本は自慢げな表情だった。

「間違いありません。店員の一人が覚えてました。何でも、篠崎雄助はその店の常連の一人だというんです。宗教団体の幹部が、調理器具の店の常連だとは思いませんでしたね」

百合根は言った。

「合羽橋には、ファンが多いと聞いたことがあります。プロのための道具を売る商店街ですが、実際に足を運んでみると素人でも楽しいものです」

塚原が言った。

「購入したのはいつのことだ？」

「一ヵ月ほど前です」

「一ヵ月か……。犯行目的で購入したかどうか、微妙なところだな……」

百合根は驚いて塚原に尋ねた。

「篠崎雄助が容疑者ということですか？」

「不思議はないだろう。死んだ四人とごく近しい。犯行に使われた七輪を購入したという事実もわかった。そして、彼は指導に当たって薬剤を使うことに積極的だった」

「動機は何でしょう？」

「今ひとつはっきりしないな。もう一度、本人に話を聞いてみるとしよう」

「町田智也ですが……」

百合根は言った。「どうして山吹さんの寺で修行をしたいなんて言いだしたんでしょう」

塚原が思案顔で言った。

「いろいろと迷いがあって、それを吹っ切りたいのかもしれないな……」

「迷い……？」

「町田智也も容疑者の一人だ。五人グループのうち、彼だけが生きている」

「容疑者……？　動機は？」

「仲のいいグループと信じていたのに、彼だけを除いて二組のカップルができた。裏切られたと感じていたはずだ。怨みを抱いたとしてもおかしくはない」

「それだけで人を殺すでしょうか」

「殺人の動機としては充分に考え得るよ」

青山が言った。「異性間のトラブルは根元的な問題だからね」

百合根は、町田智也が山吹に何を求めているのか興味があった。

「山吹さん」

百合根は言った。「町田智也がお寺で禅の体験をする間、僕も同席させてもらえませんか?」

「ほう……、キャップも坐禅を組まれるのですか?」

「ええ。町田智也といっしょに体験してみたいのです」

「それはもちろんかまいませんが……」

「町田智也を付ききりで監視することになるな」

塚原が言った。「悪くないアイディアかもしれない」

菊川が言った。

「警部殿が抜けると捜査員が手薄になる」

塚原がこたえた。

「何とかなるよ。いざとなれば、うちの強行犯係から誰か引っぱってくる」

「そいつが可能なら早くやってくれ」

「いざとなれば、と言っただろう。うちはいつでも捜査員が不足している」

「どこだってそうだろう」

「さて、篠崎雄助のところに話を聞きに行こうか」

塚原は立ち上がった。

菊川が言った。

「俺たちも、もう一度現場周辺の聞き込みに戻るよ」

塚原は、人間ポリグラフのコンビにも同行するように言った。どうやら彼らが気に入った様子だ。

山吹と青山もいっしょに行くと言った。結局また、六人もの大人数で出かけることになった。

これではあまりに効率が悪いのではないかと百合根は思ったが、STには捜査権がないのでしかたがない。

赤城は、署に残りさらに鑑識の報告を詳しく分析することになった。

外に出ると、北東の季節風が身に染みた。街路樹の葉も枯れ、季節は確実に秋から冬へ向かっている。

都会の冬は冷たい。アスファルトとコンクリートの世界はしんしんと底冷えする。東京に冬がやってくる。

そろそろコートが必要だな。百合根は足元を見つめて歩きながら、そう思っていた。

9

篠崎雄助は、JR大塚駅のそばにあるワンルームマンションに住んでいた。学生が住むようなマンションだ。

苦楽苑を出て間もないということだから、引っ越してきたばかりのはずだ。

オートロックもついていない。

六人で訪ねると、篠崎雄助は目を丸くした。

「もう一度詳しくお話をうかがいたいと思いまして……」

「ああ、びっくりした。逮捕されるのかと思いましたよ」

「逮捕されるような覚えがあるのですか?」

「そうじゃなくて、警察の人がこんなに大人数で訪ねてくると……」

「まあ、こちらにも事情がありましてね……」

「入っていただきたいんですが、狭いですよ。これだけの人数が座る場所がありません」

「私たちは立ったままでけっこうです」

「じゃあ、まあ、どうぞ」

部屋の中は、篠崎が言ったとおり決して広くはなかった。だが、部屋自体は狭いわけではない。フローリングだが、広さは十畳ほどありそうだ。

問題は、レイアウトだった。

すべての壁の前に書棚が置かれている。そして、書物がその書棚からあふれ出して、床の上に積み上げられていた。越してきたばかりでまだ整理がついていないのかもしれない。

あるいは、もともと整理整頓など考えていないのだろうか。

ドアを入るとすぐ右手に流し台があるが、そのすぐそばまで書物に侵食されつつあるようだ。

「わあお」

青山がつぶやいた。

この雑然とした部屋は、たしかに彼の好みかもしれない。

「僕が知っていることは、先日全部お話ししましたよ」

篠崎雄助が言った。

彼の言葉どおり、百合根たちは全員立ったまま話をしなければならなかった。

翠と黒崎は、比較的篠崎雄助に近い位置にいる。青山はぽつんと離れて、おびただしい書物を眺め回している。

塚原が言った。

「先日とは少しばかり事情が変わってきまして……」

「どう変わったのです?」

「他殺の疑いが強まりました」

「他殺……」

篠崎雄助は、再び目を見開いた。あからさまな驚きの表情だ。

「そうです。いくつかのことを確認しなければなりません」

「死んだのは、僕が指導を担当していた信徒さんたちだ。協力しますよ」

「あなたが苦楽苑を去った理由についてですが、阿久津さんと山県さんを巡る三角関係にあったという噂を耳にしたのですが……」

篠崎雄助は、天井を向いて笑った。

「いや、お恥ずかしい。僕は見てのとおりの男ですから、阿久津と女を争っても勝ち目はない」

「では、噂は事実なのですね？」

「本当ですよ。信徒の間に噂が広まりましてね……。苦楽苑に居づらくなったのも事実です。でも、僕が苦楽苑を去った最大の理由は、自分なりの方法論を実践したかったからです」

「では、阿久津さんと山県さんはおつきあいをしているということですか？」

「さあ、二人の関係がどの程度進んでいるか、僕にはわかりません。でも、僕らの三角関係が四人の死とどういう関係があるんです？」

「わかりません。ただ、周辺の人間関係を明らかにしたいだけです。亡くなった四人もカップルだったようですね。吉野孝さんと須藤香織さんが、そして園田健さんと田中聡美さんがおつきあいされていたとか……」

「そのようですね」

「グループの中で町田智也さんが孤立していたわけですね？」

篠崎雄助は、ふと暗い表情になった。

「僕もね、女にはもてたことないから、町田君の気持ちはよくわかりましたねえ。だから、彼の力になりたいと思っていた」

「町田さんは、彼らとどう接していましたか？」

「つとめてそういうことは意識していないふうを装っていましたね」

「四人といっしょにいることは辛かったでしょう

ね」

「辛かったでしょう」

「それでも彼らと行動を共にしていたのですか？」

「いっしょでしたね。行動を共にするのは辛かったでしょう。でも、一人で離れていくことはもっと辛かったのかもしれません。彼は独りぼっちになってしまう。自ら離れていくことは、敗北を認めるような気がしていたのかもしれません」

「あの部屋の鍵のことですが、本当にいつも開いていたのですか？」

「ええ。実は、阿久津からは鍵をかけておけと言われていたんですが、どうせ空き家同然だし、どうでもいいやと思って、開けておきました。もし、僕がちゃんと鍵をかけていれば、事件は起きなかったかもしれない」

「四人の死因は一酸化炭素中毒です。七輪が使われました。その七輪ですが、あなたが購入したものですね？」

篠崎は、驚きの表情を見せた。

「ええ、そうです。いや、警察ってのは何でも調べだしてしまうんですね」

「購入したのは、一ヵ月ほど前ですね？」

「そうです」

「何のために購入したのですか？」

「焼き肉ですよ」

「焼き肉……？」

「ええ。あの部屋でグループ指導をやった後、みんなで焼き肉を食ったことがあるんです。やっぱり焼き肉は炭火が一番ですから……」

「網は？」

青山が離れた場所から尋ねた。「現場には焼き肉の網なんてなかったよ」

「誰かが持ち帰りましたよ。自宅でバーベキューに使っていた網を持ってきたんだと思います。あれは、たしか田中さんだったかな……」

それきり青山は何も言わなかった。納得したのだろう。あるいは、興味を失ったのかもしれない。

塚原が質問した。

「焼き肉をやったメンバーは？」

「亡くなった四人に、町田君、それに僕の六人でした」

「……ということは、あなた以外の五人もあの部屋に七輪があるということを知っていたということになりますね？」

「当然そうですね」

「ほかに、あの部屋に七輪があることを知っていた人はいましたか？」

篠崎雄助は、考え込んだ。

「いや。いませんね」

「苦楽苑を出られたのはいつのことですか？」

「十日ほど前になりますね」

「正確には……？」

篠崎雄助は、壁のカレンダーを見た。アニメのキャラクターが描かれたカレンダーだ。一ページに二ヵ月ずつ印刷されている。

「十一日前のことです」

「苦楽苑を出られてから、あの部屋で指導をなさいましたか？」

篠崎雄助は、苦笑いをした。

「実をいうと、一度連中を集めたことがあるんです」

「連中？」

「亡くなった四人と町田君です。苦楽苑を辞めた僕が、信徒さんを集めて指導するのはよくないと思ったんですが、彼らが僕の指導を求めたので……」

「そのことを、阿久津さんはご存じでしたか？」

「さあ、どうでしょう。僕は言ってません。しかし、どこからか耳に入ったかもしれませんね。死んだ四人のうちの誰かが言ったかもしれないし……」

「そのとき、睡眠薬のような薬を使いましたか？」

「いいえ。前にも言いましたが、医者の処方なしでそういう薬を投与するのは違法行為です」

「催眠術は使いましたか？」

「催眠術……？」

「ええ。あなたは、臨床心理士の資格を持ってらっしゃいますね？　催眠術も使えるとか……」

「そんなことまで調べているんですか？　やっぱり私は容疑者なんだ」

篠崎雄助は苦笑し、冗談めかして言った。だが、塚原はその冗談にはつきあわなかった。

「どうなんです？　催眠術は使ったのですか？」

「彼らに催眠術を使ったことは一度もありません。その必要がなかったからです。心理療法において、催眠術は潜在意識領域にある心理的なトラウマを探るためにしばしば使われます。それは、原因不明の行動障害とか、パニック障害などには有効ですが、彼らにはそういう兆候はなかった」

「本当ですね？」

「町田君に訊いてみるといい」

「そうします」

「たまげたな。本当に僕は容疑者なんだ……」

「いえ、あくまで参考人の一人です。私どもは何でも調べないと気が済まないんです」

「僕には彼らを殺す動機がない」

塚原は、ルーズリーフのメモを見つめていたが、篠崎雄助の言葉に眼を上げた。

「今のところはそう言えますね」

篠崎雄助は動揺しているだろうか。

百合根は、彼を観察していた。

翠と黒崎は彼の変化を感じ取っているかもしれない。百合根は翠を見た。

翠がそれに気づいて百合根を見た。彼女は何も言わずに目をそらした。

「ねえ、刑事さん、僕も被害者なんですよ」

篠崎雄助が言った。塚原が尋ねた。

「それはどういう意味です？」

「つまり、僕の独立の構想が宙に浮いた形になったからです」

「独立の構想……？」

「そうです。苦楽苑を出たのは、独立するためです。あの五人は、僕についてきてくれるはずでした」

「たった五人の信徒で独立ですか？」

「最初の一歩ですよ。すぐに信徒を増やす自信はあった。でも、その第一歩でつまずいてしまった……。五人のうち、四人が死んでしまうなんて……」

「時間が経てばあなたは苦楽苑に戻ってくると信じている。阿久津さんはそう言ってましたよ」

その言葉を聞いたとたん、篠崎雄助は戸惑った表情になった。

「そんなはずはない。僕は、はっきりと独立するということを、阿久津に伝えてありますよ」

「そいつは妙ですね」

「ええ。実に妙ですよ」

二人の証言が矛盾する。これはどういうことなのだろう。百合根は考えた。

篠崎雄助の言っていることは筋が通っているように思える。五人の信徒を連れて独立することを考えていたとすれば、四人が死んだことは、たしかに痛手だ。

弟子を失った悲しみに加え、将来への展望をも失ったことになる。

塚原が言った。

「あなたのいう、宗教は科学の残滓という言葉について、阿久津さんが説明してくれました。原始的な宗教では、科学と宗教は一体だった。それは理解できます。だが、あなたは秘数学が宗教の本質だと考えておられるようだ。それは、なんだか新興宗教と大差ないように感じられるのですが……」

篠崎雄助は、また声を上げて笑った。

「カバラについては、一例として上げただけです。私は、神秘主義者でもトンデモ本の信者でもない。ただ、たしかに聖書に現れる数字は、天体の動きから導き出された数字と解釈できる。それについては、グラハム・ハンコックなどが詳しく述べています」

「それは、あそこにいる青山も指摘しました」

「ただ、歴史上、科学と宗教が対立したときには、たいてい宗教が勝り、科学の進歩を妨げる結果に終わる。ガリレオ・ガリレイがいい例です。彼は、科学的推察で地動説を支持しましたが、宗教裁判にかけられ、やむなく地動説を否定しなければなりませんでした。宗教が権力を握ってはいけない。科学の残滓だという程度の認識が一番いい。科学の残滓であっても役割はある。その程度がいいんです。アイザック・アシモフの『夜来たる』という作品をご存じですか?」

塚原は、かぶりを振った。

「いいえ。知りません」

「六つの太陽が輝き、暗闇を知らない人々が暮らす惑星……」

青山が言った。「たしか、そんな話だったよね」

篠崎雄助は、うれしそうに言った。

「そうです。映画にもなりました。その惑星には二千年に一度、夜が来る。未知の惑星があり日食を起こすからです。その世界の大学では、その惑星の存在に薄々気づいており、二千年に一度の夜が日食のせいだということを発表しようとする。一方で、二千年前の夜の記憶を守り伝えている宗教団体がある。夜の闇を恐れる群衆は、自ら町に火を付けて、滅びていくという。大学は未知の惑星のことを発表して民衆を安心させようとするが、大学を敵視する宗教団体が大学に攻撃をしかけて、学者たちを皆殺しにしてしまう。やがて、日食がやってきて、人々は闇を恐れるあまり、町に火を付けはじめる。そうしてまた人々は滅んでいく……。アシモフのメッセージが明確に表現された作品です。つまり、盲信の愚かさです」

「たしかに、科学と宗教の対立を明確な形にした作品だったね」

　青山が言った。

「人々は、そうした愚かさを繰り返してはならない。僕はそう思います」

「阿久津さんは、愚かだと思う？」

　青山が尋ねた。

「そうは思いませんよ。でもね、彼はカリスマ性に頼ろうとする一面がある」

「カリスマ性はどんな団体のトップにも必要じゃない？」

「でも、それでは本当に人を救えない。盲信を生むだけです。それに、阿久津は個人の修行を強調しすぎる。あいつはたしかに強い人間かもしれない。でも、世の中、強い人間ばかりじゃない。だからこそ、誰かに救ってもらいたいと感じる」

「しかしね……」

　山吹が言った。「結局、おのれを救うのはおのれでしかありません」

「そう。しかし、そこに至るまで手を差し伸べて助けてやることはできる」

「町田さんがですな」

　山吹はさらに言った。「私の寺に来て禅の修行を体験してみたいと申されましてな……。これはなぜでしょうね？」

　篠崎雄助の表情が一瞬曇った。

「町田君が……？　そうですか……。いや、彼もいろいろと考えているのでしょう」

　青山が言った。

「苦楽苑の指導にも、あなたの指導にも満足していないということじゃない？」

「いろいろと体験してみたいのでしょう。私は否定しませんよ。どんな経験も必ず役に立つ」

「町田さんを苦楽苑から引き抜くの？」

　青山が尋ねると、篠崎雄助は悪びれもせずに言った。

「ええ。そのつもりです。僕のためじゃない。町田君のためです。彼には、僕の指導が必要だ。苦楽苑では救われない」

「どうしてそう思うの？」

「彼のお寺で修行してみたいと言いだしたことでも明らかじゃないですか。彼は、自ら迷いを断ち切れるほど強い人間じゃない。だから、導いてやる誰かが必要なんです。そのためには、心理療法の手法も有効です」

「そうかな……」

青山は言った。

「彼は今迷いの中にいます。そこから抜けだそうともがいてるのでしょう。誰かが助けてやらなければなりません」

山吹が尋ねた。

「あなたなら、彼を助けてあげられるのですか？」

篠崎雄助は、真顔になり山吹を見つめた。彼は言った。

「はい。そう思います」

10

「現場が苦楽苑の分院予定地だったこと」

署に戻ると、塚原が言った。「死んだ四人は苦楽苑で知り合ったということ、死んだ四人は、ほかには特にトラブルをかかえていなかったこと、そして、犯行に使われた七輪がもともとあの部屋にあったものだったという事実……。これらを考え合わせると、犯人は苦楽苑関係者と考えていいだろう」

菊川と西本も地取りから戻ってきていた。

菊川が言った。

「状況証拠から見ると、篠崎雄助を疑うべきだろうな」

「だが、動機が弱い。彼が独立を考えていたとしたら、あの四人を失うのは、たしかに痛い」

「独立の計画が彼の思い通り運んでいたとしたらね」

青山が言った。「篠崎雄助は、五人の信徒を連れて独立するつもりだったかもしれない。でも、五人のほうはそのつもりはなかったかもしれない」

塚原は、青山の顔を見て考えながら言った。

「よかれと思って独立したのに、信徒が思い通りにならなければ、頭に来るだろうな」

菊川が顔をしかめた。

「だが、そんなことで人を殺すか？」

「弱みを握られていたのかもしれないよ」

青山が言う。「苦楽苑ではできないような違法なことをやっていたのかもしれない。たとえば、睡眠薬を投与するとか……。本人は否定していたけど、疑いは残る。いっしょに独立するという安心感があれば、それくらいのことはしたかもしれない。でも、五人は独立はせずに苦楽苑に残ると言いだした……。篠崎雄助にとってはまずいよね」

「おい」

塚原が言った。「好き勝手言ってくれるじゃないか。捜査に予断は禁物だって言葉、知らないのか？」

「予断じゃないよ。推理だよ」

「根拠がない。あの死んだ四人と町田智也は、篠崎についていくつもりだったかもしれないじゃないか」

「少なくとも、町田智也はまだ覚悟を決めてないよ」

「なぜそう思う？」

「山吹さんのところで、禅の修行をやりたいなんて言いだしたからさ。篠崎雄助を本当に信頼しているんなら、そんなことは言いださないでしょう。彼は、山吹さんに最初に会ったときからそれを考えていたようだ。……ということは、篠崎雄助の誘いにあまり乗り気じゃなかったってことだろう」

「それはそうだが……」

「篠崎雄助は、情熱が空回りするタイプだ。思いついたら行動に移さなければ気が済まない」

「どうしてそんなことがわかる?」

「まず、彼の経歴。会社勤めをしながら、ボランティアをやっていたと言っていた。やがて、苦楽苑の内弟子に入り、同時に指導を始める。そして、いつのまにか臨床心理士の資格を取っている。すごく行動的なんだけど、彼の今の生活を見ると、それが実を結んでいるとは思えない。見切り発車で苦楽苑を辞めて、学生が住むようなワンルームの部屋に住んでいる。阿久津昇観と比較してみるといいよ。阿久津昇観はビルを持ち、あらたに足立区にマンションの部屋を買った」

「あんた、心理学者だったな。なら、その分析は信頼できるんだろうな」

「篠崎雄助は、好奇心旺盛で活動的なタイプだ。それがいい方に出ればいいんだけど、悪い方に転ぶと、むらっ気があり、飽きっぽくて、激情しやすくなる」

「たしかに……」

塚原は言った。「部屋の鍵のことや、七輪なんかのことを考えれば、篠崎雄助を疑わなければならないだろうが……」

「ああいう人は犯罪に向いていないんだ」

「何だって?」

「緻密な計画を立てているつもりでも、どこかその計画は雑で、穴だらけになる。ちょうど、今回のようにね……。目張りのガムテープも、篠崎雄助のようなタイプの人が貼れば、今回の現場のように雑になるだろうね。残しておけば問題にならないガムテープの残りのロールを持ち帰ったり、薬のパッケージをきれいに片づけてしまって、逆に自殺に見えなくしてしまう」

百合根は驚いて青山に言った。

「じゃあ、篠崎雄助が犯人だと思っているのですか?」

「そうじゃないよ。そういう可能性もあるという話をしているんだ」

「そいつは、プロファイリングの一種か？」

菊川が尋ねた。

「プロファイリングというほど大げさなものじゃない。まあ、僕の雑感だね」

「動機なら、町田智也のほうが強いだろう」

塚原が言った。「信じていた仲間に裏切られた気分だったろう。あんたも、男女間の諍いは根元的な問題だから、殺人の動機になりうると言っていたじゃないか」

「そう。動機としては考え得るね。しかし、何かのきっかけがなけりゃだめだ」

「きっかけ？」

「町田智也は、常に迷い続けている。自分ではなかなか決断ができないタイプだ。常に他人の判断を待っている。だから、その意味で、篠崎雄助が言ったことは正しい。つまり、今のところ、彼は誰かが手を引っぱってやらなければ何もできないんだ。そんな彼が、自ら殺人を計画して実行するとは考えにくい。あれこれ空想はしても実行には至らないと思うよ」

「なるほど……」

「ただし、きっかけがあれば別だよ」

「彼が孤立することは、きっかけにはならないのか？」

「もっと具体的なきっかけだよ。そうなると、彼は自分で自分を止められなくなる。判断の基準を見失うからだ。そうして、計画を立てて実行するけど、やはりやることは雑になる。度を失っているからだ。自分のやるべきことがちゃんと見えていない。そして、やはり計画どおりには行動できず、ガムテープのロールや睡眠薬のパッケージ、飲み物を飲んだ紙コップなんかを慌てて持ち帰ってしまう」

塚原は、思案顔で言った。

「篠崎雄助と町田智也……。タイプはまったく違うが、同じ現象が起こり得るということか……」

「そういうことになるね……」

「じゃあ、もし、阿久津昇観が犯行に及んだと考えたらどうだ？」

「もっと綿密に事を運ぶだろうね。おそらく、もっとずっと自殺らしく見えただろうし、もしかしたら、すでに自殺として処理されていたかもしれない」

「だが、犯罪者は必ずミスを犯す」

「篠崎雄助、町田智也、阿久津昇観。この三人の中で、一番ミスをしないのが、阿久津昇観だね」

「でも……」

百合根は、恐る恐る言った。「篠崎雄助と阿久津昇観の供述の内容がいくつか食い違います。それが気になるんですが……」

「篠崎雄助の思い込みや早合点が多いと思うよ。たとえば、部屋の鍵のこと。阿久津昇観は、部屋に鍵をかけておくようにと篠崎雄助に言っていた。だけど、篠崎雄助がどうでもいいと思って開けっ放しにしていたんだ。独立の話も、篠崎雄助は伝わっていると思い込んでいただけかもしれない」

「動機は、阿久津昇観にもあると思うんです」

百合根は言った。「あの五人が篠崎雄助といっしょに苦楽苑を辞めるというのが許せなかったのかもしれない。あの五人を消せば、篠崎雄助にとって大きな打撃になります。そして、苦楽苑を守ることにもなるでしょう。引き抜きは五人だけでは済まないでしょう。篠崎雄助が独立したら、何人もの信徒がそちらに流れるかもしれない。それをくい止めるためには、篠崎雄助の独立そのものを頓挫させる必要があった……」

「阿久津昇観はそれほど愚かじゃないと思うよ」

青山は言った。「ただし、キャップの目の付けどころも悪くない。もし、阿久津昇観に心酔している人がいたら、同じ理由で彼のために犯行に及ぶ可能性はある」

「例えば……」

塚原が言った。「山県佐知子のように……」

「そう」

　青山は言った。「篠崎の独立阻止、そして、弟子を取られることの防止。それは、阿久津本人の考えることじゃない。阿久津のために、誰かが考えることだ。山県佐知子なら、おおいに可能性はあると思う。彼女も、犯罪を手際よくこなすタイプじゃない」

　塚原が確かめるように言った。

「つまり、今回の現場のようになる可能性があるということだな？」

「そう」

　塚原は、百合根に尋ねた。

「どう思う？　今の話」

　百合根は考えた。

「何だか、容疑者が絞られたのか、それとも誰にでも可能性があるということなのか、よくわからなくなりました」

「そうかな。俺は、ようやく捜査の筋道が立ってきたように感じるがな。彼の分析のおかげだ」

　塚原は青山のほうを見た。

　青山は言った。

「分析なんかじゃないよ。話をまとめてみただけだよ」

「あとは、刑事の仕事だ。筋が立ったら、それに沿って確認を取って歩く」

「じゃあ」

　青山は言った。「僕、もう帰っていい？」

11

帰り際に、電話があった。西本が出た。町田智也から山吹にかかってきた電話だった。

山吹は、自宅の寺の場所を説明して電話を切った。

「明日、寺に来るそうです」

百合根はうなずいた。

「じゃあ、僕も行きます。何か用意するものはありますか？」

「何も必要ありません」

「明日は土曜日だ」

塚原が言った。「俺たちは、土日も関係なく働くが、警部殿とお坊さんは月曜に顔を出してくれればいい」

「すみません」

百合根は言った。「そうさせてもらいます」

「もし、よろしければ、今日このまま寺へいらっしゃいませんか？」

山吹が百合根に言った。

百合根は自宅に帰る必要があるかどうか考えた。別にまずいことはなさそうだった。

「ではそうさせてもらいます」

百合根のその言葉を潮に、本庁組は引き上げることにした。

山吹の寺は、世田谷区砧にあるという。最寄りの駅は小田急線の祖師ヶ谷大蔵だ。綾瀬署の最寄り駅は地下鉄千代田線の北綾瀬だ。

千代田線は小田急線に乗り入れているから、東京を東から西まで横断する割には、移動は楽だった。

山吹は、電車に乗ってからほとんどしゃべらなかった。それでも気詰まりな気がしないのは、山吹のたたずまいのせいかもしれない。

長い道中、何もしゃべらないというのも不自然なので、百合根は話しかけた。

山吹は穏やかに笑った。「ただ、物事の流れに身を任せようと思っているだけです」

「物事の流れですか……」

「真実に逆らおうとする者は、必ず不自然な動きをするものです。こちらが自然の理に従っていれば、そういう不自然な動きが見えてくる。それが道理じゃありませんか？」

「はあ……」

山吹は、それきりまた沈黙を守った。

祖師ヶ谷大蔵の駅前は、長い商店街になっている。何でも、三つの商店街から成っているそうだ。

「あの、ちょっとコンビニに寄っていいですか？」

百合根は言った。

「かまいませんが、何がご入り用です？」

「せめて、下着を買っておこうと思いまして……」

「これは気づきませんで……。わざわざ明日お越しいただくのもたいへんかと思い、お誘いしたのが、かえってご迷惑でしたかな？」

「まさか……」


「事件、何だか妙なことになってきましたね……」

「キャップ。捜査のことは、署の外では話題にしないほうがよろしいのでは……」

「あ、そうですね」

「しかしまあ……」山吹は言った。「たしかに妙なことになってまいりました」

「塚原さんは、筋が見えたと言っていましたが……。僕はただ混乱するだけで……」

「混乱するのは、急いでこたえを見つけようとするからではないですか？」

「そうかもしれませんが……」

「だいじょうぶ。いずれ本当のことが見えてきます」

百合根は思わず山吹の横顔を見た。

「もしかして、もう山吹さんは見当がついているんですか？」

「まさか……」

「いや、そんなことはありません。本当に下着を買うだけですから……」

百合根は、コンビニに寄ってトランクスと靴下を二枚ずつ買った。

商店街を抜けて、住宅街の中を進んだ。やがて、ここが東京かと思うほどあたりが静かになってきた。

木立が増えてくる。北風に枝が揺れている。その枝には、ほとんど葉が残っていない。

歩道に枯れ葉が舞っている。冷たい風だった。百合根は、ポケットに手を突っ込み、背を丸めて歩いていた。

かたわらの山吹は、背をまっすぐに伸ばして常に同じ歩調で歩いている。

「砧の撮影所のそばですね」

百合根は言った。

「ええ。もうすぐです」

やがて、こんもりとした雑木林が見えてきた。その雑木林の前に出ると、立派な山門があった。

思ったより大きな寺のようだ。

いつも、山吹は小さな寺だと言っていたが、どうやらそれは謙遜だったようだ。

山門の中は暗かった。人工的な明かりがほとんどない。

雑木林から散った枯れ葉を、靴の下に感じた。正面に、本堂がある。闇の中に沈んでいる。堂々とした造りのようだ。

「こちらへどうぞ」

本堂の左奥に案内された。庫裡のようだ。山吹はそこで生活しているのだろう。坐禅の体験をしたり修行をする人も、そこに逗留する。

庫裡には部屋がいくつもあるようだった。

「もう夕食が終わっています。おなかがすいてますか？」

山吹が尋ねた。

「いいえ。だいじょうぶです」

本当は何か食べたかったが、百合根はついそうこたえてしまった。

「風呂に入って、今夜はお休みください。禅寺の朝は早いですから」

「何時に起きるのですか？」

「本山の雲水などは、午前三時には起きますな」

「三時……。真夜中じゃないですか」

「私は、せいぜい五時です。キャップもその時間でよろしいでしょう」

それでも早い。

「わかりました」

「それでは、開浴をどうぞ。ご案内します」

「カイヨク……？」

「風呂のことです」

古い風呂だった。どうやら、ガスではなく薪で焚いているようだ。信じられない生活だと思った。

今時、薪よりもガスのほうが安上がりだろうと思った。

脱衣所は身震いするほど寒い。すきま風が吹き抜けていく。風呂の中は薄暗かった。

木のすのこもずいぶん年期が入っているように見える。湯船も木でできている。桶のように板を丸く張り、金具で締めた湯船だった。

風呂場も寒い。百合根は慌てて湯をかぶった。思わず声が出そうになる。

湯船に浸かると、ようやくほっとした。湯加減はちょうどいい。すでに何人か入った後なのだろう。湯が柔らかくなっている。

なるほど、ガスで沸かした湯とはどこか違うものだ。百合根はしみじみとそう思った。薪が燃える匂いがして、ひどく懐かしい思いがした。

薪が燃える匂いなどどこで経験したのだろう……。記憶は定かではなかったが、たしかに懐かしさを覚える。

個人的な記憶というより、人類の集団的な記憶なのかもしれないという気がした。

天井から頭にしずくが垂れた。その感触もどこか懐かしい。

湯船から出て体を洗った。その間にもどんどん体は冷えてくる。何度も手桶で湯をすくって肩からかけなければならなかった。

珍しく長湯をして上がった。

脱衣所に作務衣（さむえ）が用意してあった。黒い作務衣だ。

ガラス戸の向こうから山吹の声が聞こえる。

「その作務衣を着てください。明日から、それで生活していただきます」

「はい」

作務衣など着たことがなかったが、着方は実に簡単だ。戸惑うこともなかった。

背広やワイシャツを抱えて脱衣所を出ると、山吹が寝泊まりする部屋へ案内してくれた。六畳間だ。

襖（ふすま）と障子（しょうじ）があるだけの部屋だった。飾り気がまったくない。

襖に模様さえ入っていない。すでに蒲団（ふとん）が敷いてあった。

「寝間着（ねまき）もお持ちではないでしょう。私のでよろしければ使ってください」

それはごく普通のスウェットの上下だった。それが、何だかこの場には不自然に感じられた。

「こんな寝間着を使うんですか？」

「そりゃ、ここは私の自宅ですからね。普通に部屋着も着ますよ。さて、それでは、私も開浴して寝ることにします。キャップもお休みください」

時計を見ると、まだ九時を過ぎたばかりだ。

「こんな時間に眠れるかな……」

「とにかく蒲団に入ることです。そして、余計なことは考えずに……。明日は五時起床です」

「はい」

「では、お休みなさい」

山吹が出て行くと、部屋の中がことさらに静かに感じられた。いつもなら、自宅に帰るとすぐにテレビをつける。

別に見たい番組があるわけではないが、それが習慣になっているのだ。音のない生活というのは普段はほとんど経験しない。

耳の奥で何か音が聞こえるような気がする。たしかに、静かなところでは頭の中で音がする。

蒲団に入り、ひんやりとしたそば殻の枕に頭を横たえていると、かすかに遠くで車が走り抜ける音が聞こえた。

事件のことを考えると、とても眠れないのではないかと思っていた。だが、遠くからかすかに響く車の音や電車の音を聞いているうちに、百合根は眠りに落ちていった。

夜明け前はおそろしく寒い。目覚まし時計もないが、百合根は五時には目を覚ましていた。いつもなら、二度寝する時刻だ。

蒲団から抜け出るのがつらい。百合根は、覚悟を決め、一気に蒲団を押しのけた。一瞬にして寒気に包まれる。

百合根は肌襦袢（はだじゅばん）と作務衣を急いで着た。身支度（みじたく）を整えると、自分自身の体温で作務衣が暖まるのが実感できる。エアコンのきいた部屋で生活していては経験できない感覚だ。

ほどなく山吹が部屋の前にやってきた。

「キャップ、お目覚めですか？」

「はい。起きてます」

障子が開く。山吹も百合根が着ているのと同じ作務衣姿だ。外はまだ真っ暗だ。

「顔を洗ってください」

山吹がタオルと歯ブラシ、使い捨てのひげそりを差し出した。「顔を洗った後は、暁天（ぎょうてん）坐禅です」

「何ですか、それは……」

「暁の天の坐禅と書きます。夜明けの瞬間に、陽の気が最も充実すると言われています。その陽の気の中で坐禅を組むのです。そのあとは、朝課です。お勤めにおつきあいいただきます」

「お経ですか？」

「そうです」

洗面所は廊下にあった。吹き抜けの廊下だ。水が切るように冷たく、たちまち指がじんじんとしてくる。

だが、タオルで冷たい水をぬぐうと、じきに顔がぽおっと火照ってきた。

暗い廊下も素足に冷たい。

本堂も戸を開けはなっている。容赦なく冷たい風が入ってくる。

「では、坐禅の作法を説明します。まず、合掌です。両手を合わせたら指の先を鼻の高さまで上げ、両膝を横に張ってください。礼をするときには、合掌でお願いします。次に叉手です。左手の親指を握り込み、その拳を胸に当てます。その拳を右のてのひらで上から被います。歩くときは、常にこの叉手でお願いします」

百合根は、山吹がやってみせる手つきを真似た。

「隣位問訊。これは、座る両隣の人への挨拶です。自分の座る単の前に来たら、合掌をして低頭します。両側の人は、それにこたえて合掌します。隣位問訊が済んだら、対坐問訊です。回れ右をして、向かい側にいる人に合掌し、低頭します。向かい側の人は、それにこたえて合掌します。これは、参禅する人が大勢いる場合の作法ですが、いちおう覚えておいてください」

「はい」

「それでは実際に坐禅を組んでみましょう。結跏趺坐です。両足をこのように組みます」

結跏趺坐は百合根も知っている。右の足を左のももの上に深く乗せ、次に左の足を右のももに乗せる。

「結跏趺坐がきつい人は、半跏趺坐でもけっこうです。こうして、左の足を右のももの上に置きます。初心者の方はこちらのほうがいいでしょう」

言葉に甘えて、百合根は半跏趺坐にすることにした。

「背筋をまっすぐに伸ばして、法界定印をします。手で印を結ぶのです。両手の平を上にして組んだ足の上に置きます。右手の上に左手を重ねます。両手の親指が触れるか触れないかという感じにします。目は閉じないように。自然に開いて、約一メートル先を見ます。大切なのは呼吸法です。まず、欠気一息で、息を整えます。深く息を吸い込み、ゆっくりと口から吐きます。この深呼吸を数回行うのです。その後は自然に呼吸してください。その際に舌は上の歯のつけ根に付けます。前歯の裏側に丸いものを感じるでしょう。そこに舌先を置きます。口は閉じて、唇は真一文字にします」

やってみるとそれほど難しいことではない。だが、問題はじっとしていられるかどうかということだ。

山吹の説明はさらに続いた。

「坐禅に入るときには、左右揺振といって、結跏趺坐をしてから体を左右に揺り動かします。徐々にその動きを小さくしていって、正しい姿勢に収めます。坐禅の間、私が警策を持って歩きます。眠気が来たり、どうしても心が落ち着かないときは、右肩を開けるように首を傾けて、合掌してください。こちらから、打つ必要がある場合は、右肩に警策を乗せて合図をします。同様に首を傾けて、合掌してください。警策を受けたら、合掌のまま一礼してから、手を法界定印に戻します。いいですね？」

「はい。だいじょうぶだと思います」

「難しく考えないでください。ただ座ること。これが大切です」

それがなかなか難しいのだと、山吹は言わなかっただろうか。だが、そんな疑問を口に出す雰囲気ではない。

「はい。やってみます」

「けっこう。では、止静鐘です。坐禅を始める合図です。鐘を三回鳴らします。終わりの合図は鐘一回です」

百合根は、半跏趺坐し、左右揺振をして背を伸ばした。

山吹が背後にやってくるのを感じた。姿勢を少しなおされる。

「姿勢や座り方を点検することを、検単といいます。合掌をして受けてください」

百合根は言われたとおり合掌し、山吹が離れると印を組み直した。

鐘が三回響き渡る。

鐘の音は、本堂に余韻を残した。その余韻が消えると、静寂だ。

静けさというのは、逆にいろいろな音に気づくということだと、百合根は思った。

風が枯れ葉を揺らす音。山吹が静かに歩く衣擦れの音。昨夜、寝るときにも体験した耳の奥の音。そして、まだ夜明け前だというのに、遠くから人の営みの音も聞こえてくる。

窓を開ける音、自転車が通り過ぎる音。

自転車の音は、おそらく新聞配達だろうと思った。

それにしても、寒い。作務衣を通して、冷気が肩に染み込んでくる。思わず、身震いしそうになる。

坐禅をはじめてほどなく、左の膝が痛みはじめた。足首も痛い。

それは最初はかすかな痛みだったが、身動きが取れないために、どんどんひどくなっていった。

身を揺すりたい。足を伸ばしたい。

そう思いはじめたら、我慢できなくなってきた。

聞こえていた音が遠のく。頭の中は、その痛みのことで一杯になりはじめた。まるで、拷問にあっているような気がしてきた。

左膝と足首の痛みは、耐え難いものになりはじめた。それほどの時間は経過していないに違いない。

あとどれくらい坐禅が続くのかわからない。それが百合根を不安にさせ、痛みを助長させた。

だめだ。

もう、耐えられない。

だが、身動きは許されない。

叫びたい気分になってきた。

脚を解こう。もう、だめだ。

そう思った瞬間、右肩に固い感触があった。警策だ。百合根は、作法を思い出そうとした。

まず頭を傾けて合掌する。こうだったな……。

次の瞬間、大きな音を立てて警策が打ち込まれた。容赦ない。

衝撃が肩から全身に走り抜けた。百合根はびっくりした。

合掌したまま頭を下げてから、印を組み直す。

不思議なことに、頭に昇っていた血がすうっと引いていた。

今まで耐え難いと思っていた膝と足首の痛みも、それほどには感じられなくなっていた。

再び、さまざまな音が戻ってきた。世の中には音が満ちている。静かさの中でこそ、そのことが実感される。

空が明るくなってきた。本堂の戸が開け放たれていた理由がようやくわかった。夜明けが近づくに連れて、空気の色が変わってくる。

漆黒の闇が、透明な紺色に変わり、やがてそれが明るい青になっていく。坐禅は壁に向かって組むので、直接外の景色を見ることはできない。だが、その変化を感じることができた。

この世にあふれているのはかすかな音だけではない。光もあふれている。戸を開け放ち、自然と一体になることで、それを体感できるのだ。

光の変化に、百合根は膝と足首の痛みを忘れた。

鳥の声が聞こえてくる。明るくなるにつれて、世界は活気を帯びてくる。人々の生活の音が俄然多くなる。

自転車のブレーキの音、窓を開ける音、ドアの開け閉めの音……。

鐘の音が一つ響いた。

百合根は顔を上げた。

山吹が前に来て礼をした。百合根が合掌低頭する。立ち上がり、本堂を出ようとしたとき、山吹が身振りで叉手をしろと指示した。

百合根はあわてて左の拳を握りそれを胸に当てて右手でおおった。

そのまま山吹について本堂を出た。

「お疲れ様でした」

山吹は言った。「坐禅を終えるときには、左右揺振をしてください。始めるときとは逆に、小さな動きからだんだん大きくしていきます。そうして体をほぐしたら、右回りに向きを変えてから脚を解きます。単、つまり座蒲団をもとの形に整え、隣位問訊し、対坐問訊して堂を出ます」

始めるときと同じことをすればいいわけだ。

忘れないうちにあとでメモを取っておこう。百合根はそう思った。

膝と足首をほぐしていると、庫裡から袈裟をまとった僧侶がやってきた。ここの住職、つまり山吹の父親だろう。

「いや、どうも、息子が世話になっております」

山吹の父は、山吹を縦に小さくして横に広くした感じだった。目尻のしわが柔和さを物語っている。

「こちらこそ、お世話になっています」

「坐禅は初めてですか?」

「ええ」

「楽しんでいってください」

山吹の父が経を上げるので、山吹とともにその後ろに座った。般若心経だった。山吹もともに唱えた。

朝のお勤めの最中に、日が昇った。あたりが急に温かくなったように感じる。だが、気温が上がったわけではない。まだ、息が真っ白なくらいに寒い。

それだけ日の光がありがたく感じられるのだ。

朝のお勤めが終わると、朝食だという。山吹は、行粥(ぎょうしゅく)と言った。

「初めての坐禅はどうでした」

「不思議な体験です」

「ほう……」

「音と光がいつもより豊かに感じられました。それから、膝と足首の痛みです」

「痛かったですか？」

「ええ。耐え難いほど痛みだして、脚を解こうかと思ったほどです。そこに、山吹さんの警策がびしっと来ました。すると、不思議なことに痛みをそれほど感じなくなったのです」

「最初はつらいものです。痛みやつらさにとらわれてしまうと、耐えられなくなります。痛みやつらさの半分は自分自身で作り出しているのです。心がとらわれなくなれば、痛みもそれほどのものではないとわかります」

「そのための警策だったんですね。絶妙のタイミングでした」

「私もプロですからね。さ、食事にしましょう。食事の作法もいろいろありますが、一つだけ守ってください。食事中は決して口をきかないこと」

「わかりました」

そこへ町田智也がやってきた。

百合根は、現実に引き戻された。

僕は、坐禅を組みにここに来たわけじゃない。町田智也を監視するために来たのだ。

忘れていたわけではないが、初めての坐禅の体験に気を取られていた。

町田智也は、百合根を見て戸惑った表情を見せた。

「どうして、刑事さんが……」

「僕もいっしょに坐禅を組もうと思ってね。それに、僕は刑事じゃない。科学捜査研究所に所属している。科学特捜班の係長、つまり、山吹の上司なんだ」

町田智也は、納得していないような表情をしていた。

山吹が言った。

「早かったですね」

町田智也は、ちょっとうれしそうな顔になった。今まで百合根が見たことのない表情だった。

「自宅は、小田急線の梅ヶ丘ですから、近いんです。本当は始発で来たかったんですけど、三本目の電車でした」

入れ込んでるな。

百合根はそう感じた。

「これから朝食です。いっしょにどうぞ。朝食をとるときには、決してしゃべらないように。なるべく音も立てないでください」

山吹について、二人は庫裡に向かった。

百合根は町田智也に言った。

「これから、いっしょに坐禅を組むんだ。よろしく頼むよ」

町田智也は、曖昧にうなずいただけで何も言わなかった。

食事ではおのおのに小さな膳が配られた。椀の中に粥が入っており、漬け物がついている。

山吹に言われたとおり、無言で粥をすすり、漬け物を噛んだ。粥は清涼な味がした。話もせず、テレビも見ずに食事に集中しているせいか、味覚が敏感になっているようだ。

山吹は、ほとんど音を立てずに食事をした。漬け物を噛むときも音を立てなかった。

朝食を終えると、ようやく休憩がある。山吹は、その時間に町田智也を部屋に案内し、坐禅の注意事項を説明しているようだ。

百合根は、日の当たる廊下に座りぼんやりと外を眺めていた。日の光が目に染みる。赤や黄に色づいた葉の美しさに心を奪われそうだった。

昨日までは、事件のことで頭が一杯だった。考えれば考えるほど混乱していた。

朝早く起きて、日常的な情報から隔離され、一度坐禅を組むだけで、これほど世界が変わるとは思わなかった。

不思議なくらいに心が穏やかだった。昨日山吹が電車の中で言ったことが思い出された。

こちらが自然に身をゆだねていれば、不自然な動きをする者が必ず見えてくる。

彼はそう言った。

そのときは、まったくぴんと来なかった。だが、今はそんなこともありそうな気がする。

なるほど、山吹はこんな世界に身を置いていたのか。彼の穏やかな人格は、こうして培われたものなのか……。

百合根はそんなことを考えていた。

八時からは、朝の作務だ。日天作務というのだそうだ。朝の作務は掃除だ。廊下や本堂を掃き、雑巾掛けをする。

雑巾掛けは、腰を下ろして手をワイパーのように左右に振りながら後退して行う。やり慣れない動きなので、すぐに腕がぱんぱんに張り、息が上がってしまった。

町田智也は、真剣な表情で作務を行っていた。ひたむきな態度だ。

山吹のもとで修行をしてみたいと言った言葉にいつわりはないのかもしれないと、百合根は思いはじめていた。

家の中の掃除が終わると、今度は境内の掃除だ。おびただしい枯れ葉を掃いて集める。

だが、秋の終わりで枯れ葉が一番多い季節だ。掃いても掃いても、また枯れ葉は散ってくる。

百合根は、山吹に言った。

「これ、掃いてもきりがないじゃないですか」

山吹はただほほえんだだけで、手を休めない。

すると、町田智也は言った。

「これはただ掃除をしているだけじゃないんです」

「え……？」

百合根は思わず町田智也の顔を見た。彼は百合根を見下したような顔をしている。

「作務というのは、働くことそのものが尊いんです。自分の手が何かをする。そのことに喜びを感じる。それが作務の目的です」

山吹は、まるで町田智也の言葉を聞いていなかったかのように言った。

「さて、集めた落ち葉で焚き火でもしましょうか。庫裡に芋があるはずですから、焼いてみますか」

山吹はうれしそうにほほえんだ。

「焼き芋ですか。いいですね」

普段の百合根ならば、焼き芋など見向きもしなかっただろう。だが、何だか無性にうまそうな気がしてきた。

「芋を取ってきます。枯れ葉を集めて火を付けてください」

山吹は、作務衣からマッチを取りだして町田智也に手渡した。

山吹が立ち去ると、町田智也は枯れ葉と悪戦苦闘している。地面に降り積もった枯れ葉は夜露で湿っており、なかなかうまく火が付かない。

マッチを何本も無駄にした。

山吹が戻ってきた。落ち葉の山に火を付けようとしている町田智也を見て言った。

「それじゃあだめです。いいですか？　葉は湿っています。ならば、葉が乾くように工夫しなければならない」

山吹は細い乾いた枝を拾い集めてまずそれに火を付けた。たちまち炎が上がる、それにやや太い枝を加え、その上に少しずつ落ち葉を乗せていった。燻って煙が出たが、やがて落ち葉が燃えはじめる。

火の勢いが強まったので、次々と枯れ葉を被せてもだいじょうぶだった。やがて、立派な焚き火ができた。

「なるほど、見事なものだ」

百合根は言った。山吹はほほえんだ。

「私だって最初からうまかったわけじゃない。いろいろと試行錯誤を繰り返した結果ですよ。さ、芋を焼きましょう」

　山吹は、焚き火の中にサツマイモを入れた。葉をかぶせ、うまく蒸すように焼いている。

　枝で芋を転がし、枯れ葉をつついて火の勢いを絶やさぬようにしている。その姿はいかにも楽しそうだ。

「さ、焼けましたよ。熱いから気を付けて……」

　手が焼けるほど熱い。二つに割って火傷せぬように注意深くかぶりつく。期待どおり、いやそれ以上にうまかった。

「焼き芋がこんなにうまいものだとは思いませんでした」

　百合根は思わず言った。

　山吹は穏やかにほほえんだまま言った。

「どうです？　掃いても掃いてもきりがないとキャップが言った枯れ葉ですが、集めて焚き火をすると、うまい焼き芋を作ることができました。こうして暖も取れます」

「あ……」

　百合根は気づいた。枯れ葉を掃けと言われたときから、きれいに枯れ葉を取り除くことだけしか考えていなかったのだ。

　枯れ葉を集めて何かができるという発想がなかった。またしても、心がとらわれていたのだということがわかった。

　山吹は、町田智也のほうを向いて言った。

「火がつかなければ、つくように工夫すること。集めた落ち葉で何ができるか工夫すること。それが作務ですよ」

　町田智也は、少しばかり傷ついた顔をした。

　正午から中食(ちゅうじき)だ。中食というのは、昼飯のことだ。肉や魚は出ない。ごく質素な食事だ。やはり無言で音を立てずに食事を済ませる。

午後も、作務と坐禅だ。

午後の作務は、薪割りをやった。百合根は薪割りなどやったことがない。まさかりを丸太に振り下ろすのは度胸がいる。

狙いがそれると、自分の体を傷つけそうな気がする。山吹は、一気に振り下ろし見事に丸太をまっぷたつにしていく。見ていて小気味いい。

だが、百合根も町田智也もなかなかうまくいかない。丸太にまさかりの刃を弾かれてしまう。丸太は倒れるし、まさかりの刃も真横を向いてしまったりする。

そのうち、腕の筋肉が張りはじめた。腰も痛い。掌が赤くなり指ががちがちに固まってきた。

山吹は、一定のリズムで薪を割りつづけている。彼の脇にはきれいに割れた薪がたちまち山になった。

悪戦苦闘していた百合根は、おっかなびっくりやっているのがいけないのだと気づいた。度胸を決めて、まさかりを一気に振り下ろさなければだめなのだ。

割れた。だが、まっぷたつというわけにはいかない。いびつな割れ方をした。それでも手応えがあった。

それがきっかけになった。一度割れればこつがわかってくる。きれいに割れないのは無駄な力みがあるせいだと、体でわかりはじめた。

力を抜き、まさかりの重さに任せて振り下ろす。作業が楽になってきた。力を抜くことで、薪がきれいに割れはじめた。

そうすると、薪割りがおもしろくなってくる。腕の疲れも気にならなくなり、腰も痛くなくなってきた。薪割りのペースが上がった。

まさかりを振り下ろし、薪を割る。ただそれだけのことが、どうしてこんなに楽しいのだろう。百合根は思った。

実践の中で工夫をすること。それが作務だと山吹は言った。

薪割り一つとってもこれだけ学ぶことがある。普段、いかに体を使って考えることがないかを痛感した。

町田智也を見ると、まだうまくいかないようだ。まさかりの刃が丸太の上で弾かれてしまう。

見るとやはり余計な力が入っている。力で割ろうとするから刃がぶれる。まさかりの重さを利用していない。

だが、百合根は、アドバイスをする気にはなれなかった。それは余計なことなのだ。自分自身で工夫したのでなければ本当のことは身につかない。そんな気がした。

山吹も何も言おうとしない。ただ、淡々と薪を割りつづけているだけだ。これが教えなのだと百合根は気づいた。

「ほう、キャップはうまく割れるようになりましたね」

やがて山吹が言った。

その言葉に、百合根はようやく手を止めて、汗をぬぐった。寒空の下だが、いつしか汗をかいていたのだ。

町田智也も手を止めた。おもしろくなさそうな顔で百合根の割った薪を見つめている。

「手にマメができたでしょう」

山吹に言われて手を見ると、たしかに小指の付け根と人差し指の付け根に水ぶくれができていた。

「マメを破らぬようにしてください。マメが破れると、明日の作務にひびきますから……」

「どうすればいいんです？」

百合根は尋ねた。

「放っておけばいいのです。自然に治ります。人間の体はそういうふうにできている。さ、汗を拭いたら、坐禅を組みましょう」

午後の坐禅だ。

山吹、町田智也とともに本堂に上がる。

百合根は、なんとか朝教わった作法を思い出そうとしていた。

合掌に叉手、隣位問訊に対坐問訊、結跏趺坐、法界定印……。

町田智也は、慣れた仕草で参禅した。正しい作法を心得ているようだ。

左右揺振をして、呼吸を整え二人で山吹の検単を受ける。

やがて、三つの鐘が鳴り、坐禅が始まった。壁に向かいただ座る。百合根は半跏趺坐だったが、町田智也は正式な結跏趺坐だった。

やはり本堂の戸は開け放たれている。鳥の声が聞こえ、風が枯れ葉を鳴らす音が聞こえる。

本堂には日が差し込み、温かい。しばらくすると、眠気がやってきた。

五時起きはさすがにこたえた。肉体労働で適度に体も疲労している。眠気を追い払うために首を振るわけにもいかない。あくびもできない。


このままでは居眠りをしてしまう。

そのとき、百合根は思い出した。自ら警策を受けることができるのだった。

百合根は、合掌をして首を左側に倒した。すぐさま、警策が右の肩に触れた。次の瞬間、容赦なく打たれた。

とたんに、眠気がすうっと引いていった。合掌低頭して、印を組み直す。右肩がじんとしている。それは、決して不快ではなかった。かえって、体の凝りが取れたような気さえした。膏薬を張ったような感覚が残った。

百合根が警策で打たれたのは、その一度だけだった。薪割りで悟ったことがある。何事も体の力を抜くことだ。

坐禅も同じ。どこかに無駄な力みがあると、長く座っていることすらできない。体もぐらつく。力を抜くことで、安定した姿勢を保つことができるのだ。

膝や足首もそれほど痛まない。今朝はやはりどこかに無駄な力が入っていたのだ。それで、膝と足首に負担がきたのだ。

一方、町田智也は、何度か警策で打たれていた。横を向くわけにはいかないから、理由はわからない。

だが、伏し目にしていると横の視界が広がるようで、町田智也がどこか落ち着かない雰囲気なのがわかる。

やがて、鐘が一つ鳴った。坐禅の終了だ。百合根は、山吹に教わった、作法どおりに坐禅を終えようと手順を思い出していた。

手順を思い出すだけで精一杯だ。町田智也を見ると、落ち着いた所作で作法どおりやっているようだ。

阿久津昇観に習い、苦楽苑で坐禅に慣れているのだろう。

町田智也は、自分から山吹に申し出て参禅しただけあって、たいへん真面目だった。真面目過ぎるくらいだ。

庫裡でしばらく休憩があった。朝五時に起きたせいもあるだろうが、時間がありあまるほどあるように感じられる。

普段は、あっという間に一日が終わってしまうが、ここでは時間がゆっくりと流れている。

朝から作務で体を動かし、間食をまったくとらないので、日が傾くころになると空腹を覚えた。

いつもは、腹など減らないのに、惰性で食事を取っている。今日は夕食が待ち遠しかった。

夕食は、やはり一人一人の小さな膳で取った。山吹によると、夕食のことは薬石（やくせき）というのだそうだ。精進料理だ。無言で食事をする。腹が減っており、口に入れるものすべてがうまかった。揚げたなすに、里芋の煮物。漬け物に汁椀。

豪華な料理など必要ないということが実感される。飯粒一つ一つが血となり肉となるように感じた。

　夕食を終えると、山吹が町田智也に言った。

「縁側に来てください。しばらく坐禅を組んでいただきます」

　町田智也は、きょとんとした顔をした。

　百合根は山吹に言った。

「あの……、町田さんだけですか？」

「はい。キャップはけっこうです。キャップは風呂に入ってください」

　なぜ、と問うことができなかった。山吹に何か考えがあってのことなのだろう。禅に関しては、山吹は師だ。師に対して理由を問うというのは、不遜な気がした。

　不立文字という言葉があるそうだ。言葉や文字では伝わらない教えがある。ひたすら師を信用して、師の教えに従うことでしか学べないこともある。

　町田智也は、戸惑いながらも山吹に従って廊下に出て行った。

　そっと様子をうかがうと、山吹と並んで庭を向いて坐禅を組んでいる。

　話をする様子はない。しばらく彼らの様子をうかがっていたが、ただひたすら無言で座りつづけるだけだ。

　百合根は、山吹の言いつけどおり、風呂に入ることにした。

　風呂は、食事同様にありがたかった。こんなに心地よいものがこの世にあったのかとさえ感じる。

　昨日は、風呂場の寒さが気になった。今日は、湯の暖かさ、心地よさだけを感じる。

　心ゆくまで風呂を楽しんでから部屋に戻ると、山吹と町田智也はまだ坐禅を組んでいた。

　結局二人は、就寝時間の九時直前まで坐禅を組んでいた。

　山吹が先に脚を解き、何か一言町田智也に声をかけた。町田智也も坐禅を終える。

　山吹は、ただ合掌しただけで町田智也のもとを離れていった。町田智也は取り残されたように、しばらく縁側にたたずんでいた。

12

翌日の日曜日も、まったく同じスケジュールだった。坐禅を組み、朝のお勤めをし、作務をする。同じことの繰り返しだが、必ず何か新たな発見がある。百合根はそれを実感していた。本来、町田智也を監視しようと山吹の寺にやってきたのだが、坐禅や作務の新鮮な驚きに心を打たれてしまった。慌ただしい日常生活でぎゅっと凝り固まってしまった心が、ゆっくりと解きほぐされていくように感じられる。

都会には、ヒーリングやら癒しやらという言葉が満ちあふれている。人を癒すために心地よい環境を整え、マッサージなどを施すサロンなどが人気を博している。

だが、そんなもので人が癒されるわけではないということがわかってきた。

たしかに山吹の寺の暮らしは厳しい。朝は暗いうちに起きなければならない。暖房などないので、朝の寒さはこたえる。

掃除や薪割りは、肉体的にもきつい。使い慣れない筋肉を酷使するので、たちまち腕や足腰がこわばってしまう。

坐禅そのものも、本来はつらいものだ。膝や足は痛むし、身動きしてはいけないという精神的な重圧もある。

だが、不思議なことにそうした生活に触れることで、たしかに心がほぐれていく。新しい発見の喜びもある。

見せかけだけのヒーリングでは決して得られない喜びだ。

自分自身を、等身大で見つめることができる安心感とでもいおうか……。山吹は、無言でそれを教えてくれる。

昼の作務を終えたところで、山吹が町田智也に突然尋ねた。

「般若(はんにゃ)という言葉を知っていますか？」

町田智也は、慌てた様子もなくこたえた。

「知っています。仏の智慧。つまり、この世の真理をすべて見通す智慧のことです」

「本当にそのようなものが、実在するとお考えですか？」

「あると信じています」

「ならば、それを私に見せてください」

町田智也は、それでもうろたえたりしなかった。

「そんなことはできません。般若というのは、概念です。人の心の中にあるものです。それを取り出して見せることはできません」

「人の心の中にあるものが、実在と言えますか？」

「人が在ると思わなければ、存在はしません。つまり、在ると思うものこそが実在するのです」

へえ……。

百合根は感心していた。よくすらすらとこたえられるものだ。

おそらく苦楽苑ではこうした問答を繰り返しているのではないだろうか。

山吹は、無表情だった。いつもの穏やかな表情ではない。厳しい眼をしている。

「では、私が般若をお見せしましょう」

町田智也は、かすかにほほえんだ。

「ぜひ、お願いします」

山吹は、身をかがめて地面に落ちていた枯れ葉をつまんだ。

それを町田智也の顔に掲げ、言った。

「これが般若です」

さすがに、町田智也は眉をひそめた。

「枯れ葉がですか？」

「そうです。さあ、どうしてこれが般若なのか、説明してください」

町田智也は、真剣に考えはじめた。

山吹は百合根のほうを見た。

「キャップも考えてみてください。この葉っぱが、どうして御仏の智慧なのか……」

「え……？」

百合根は慌てた。そんなこと、わかるはずがない。第一、枯れ葉が般若だと言ったのは山吹だ。それを説明しろというのは、無茶な話だ。

だが、問われたからにはこたえなければならない。

百合根は必死で考えた。仏の智慧が枯れ葉……。

山吹は性急にこたえを求めようとはしなかった。

「夕食の後にでも、こたえをうかがいましょう。午後の坐禅の際にでもゆっくりと考えてください」

山吹は二人に言った。

夕食が終わり、二人はそのまま部屋に残された。

「さて、宿題のこたえをうかがいましょう」

百合根は、坐禅の最中もそのことで頭が一杯だった。だが、結局何もわからなかった。

「町田さん、いかがです？」

山吹が問うと、町田智也は落ち着いた態度でこたえた。

「僕は、般若は概念だと言いました。そして、実在というのは、認識論だと言いました。つまり、般若が実在しないと思えば実在しない。実在すると信じるからこそ、実在するのです。山吹さんは、足下に落ちていた葉っぱを拾って掲げた。でも、それは葉っぱじゃなくてもよかった。つまり、何でもよかったのです。僕と山吹さんが共通に認識できるものであればよかったんです。つまり、それが実在するということがお互いに了解できればよかった。山吹さんも般若の実在を信じている。僕も信じている。その共通の認識の確認のために、葉っぱを掲げて見せてくれたのです」

百合根はすっかり驚いていた。

認識論まで持ち出すとは思わなかった。葉っぱ一枚が、哲学的な思索を呼び込んだことになる。

よく勉強しているのだな。百合根は、またもや感心していた。

山吹が尋ねた。

「キャップはどうです？」

「えーと……」

百合根はしどろもどろになった。「ずっと考えていたんですけど、何もわかりませんでした」

「何もわからないということはないでしょう。感じたことを言ってください」

「そうですね……」

百合根は、とても町田智也のような専門的なことはしゃべれない。

こうなれば、小学生レベルの感想でもいい。とにかく、何か言うことだ。

「きれいな色をしていると思いました」

「ほう……」

「茶色でもなく黄色でもなく、赤でもない。それが混じり合って、とても美しい色をしていた。僕が絵描きだとしても、とてもこの色は出せないなと思いました。そして、あの葉っぱは、春には新芽だったはずです。そのころは、薄緑のみずみずしい色をしていたはずです。夏には、力強い濃い緑色で、陽光を遮って（さえぎ）てくれたに違いない。そうした一生を終えて、地面におちた美しい葉は、役割を終えたのかもしれない。それでも、不思議なほど美しかった……。ただ、そう感じただけです」

町田智也がちらりと百合根のほうを見た。

一瞬、勝ち誇ったような表情に見えた。

厳しい表情をしていた山吹が、にっこりと笑った。

「その美しさは、仏性の現れだと私は思います。キャップは、それを感じ取られた。もう、私の問いに対するこたえをほとんど見つけておられる」

「え……？」

百合根にはわけがわからなかった。

「あの葉はどうしてあそこにあったのか。それを考えてください。キャップが言ったとおり、新芽から燃えるような夏の緑を経て、やがて色づき、地面に落ちた。つまり、葉としての役割を終えたのかもしれない。あれはブナの木の葉です。ブナの木は、自分の身を守るために葉を落とすのです。厳しい冬に向かい、水分を保ち、養分を蓄えるために葉を落とす。そうした、自然の営みの結果、あの葉は、あそこに落ちていた。しかし、それですべての役割を終えたわけではありません。葉はつもり、地中のバクテリアに分解されて腐葉土となり、木々の栄養分となります。そこにも、自然の営みがある。その営みの瞬間瞬間に、葉は美しさを見せてくれる。これこそ仏性だと思います。悉有仏性です。さて、今度は、あの葉が散る瞬間のことを考えてください。ブナの木は冬が近づき、葉を散らす準備に入ります。準備は整ったがいつあの葉が散るかは誰にもわからない。機が熟していく。熟して熟して、熟し切った瞬間に、ごく自然に葉が落ちる。そのはらりと落ちる瞬間が般若を悟る瞬間です。学び、考え、悩み苦しんでも、なかなか真実は見えてこない。それは機が熟していない証拠です。本当に機が熟せば、あの葉が自然に散ったように何かが見える。何かを感じる。その瞬間を、私たちは大機（だいき）と呼んでいます」

百合根は、山吹の言葉が心にしみいってくるように感じていた。

「私は、足もとの一番近くにある葉を拾いました。木から落ちた葉は、風に流されどこに行くかわかりません。また、作務で掃かれてしまっていたかもしれない。私が葉を拾おうとしたその瞬間に、あの葉はあそこに落ちていた。ほかのどの葉でもない。あの葉です。あの瞬間がなければ、私たちはあの葉と出会っていなかった。その出会いもまた尊いものです。縁は一瞬です。その縁をとらえなければ、もう一生出会うことはない。キャップが感じられた美しさというのは、その縁の美しさでもある。また、葉はたしかに地面に落ちていた。なぜ地面に落ちていたのか。なぜ、空高く舞い上がり、彼方に飛んでいかなかったのか。私たちは、万有引力のせいだということを知っています。ただ、知っているだけです。でも、葉が地面に落ちていたという事実だけで、万有引力という概念を目で見ることができる。仏性をあの枯れ葉一枚がこれだけ物語ってくれている。それを感じることが般若に通じる。私はそう考えております」

百合根は素直に感動していた。

だが、町田智也は、悔しそうな顔をしていた。

山吹は、町田智也のほうを見て、再び厳しい眼差しになった。

「あなたは自ら進んでここに来られた。そうですね」

「そうです」

「ならば、一言申し上げておきます」

「はい……」

「誰のために修行をなさろうというのか。誰のために参禅なさるのか。ご自分のためではないのですか？　他人のためなら、おやめになられたほうがいい」

叱りつけているような口調だ。

百合根もびっくりした。

山吹がこれほど厳しい口調で誰かを叱責するのを見たことがない。

町田智也は、真っ赤になった。おそらく、坐禅や禅問答については、そこそこ自信があったのだろう。

枯れ葉の問答に対するこたえにも、自信があったに違いない。

「た……他人のためって……」

町田智也は言った。「それ、どういうことです？」

「他人に認められようとか、感心してもらおうとか、ほめてもらおうと思っているうちは、他人のために修行をしているということです。禅の修行は自分自身のためにするものです。それをよくお考えになることです」

町田智也は、打ちのめされたようにうつむいた。

百合根は気まずかった。だが、山吹はまったく気にしていない様子だ。

長い沈黙の後、山吹は言った。

「明日も、坐禅を続けますか？」

こたえがない。

山吹は辛抱強く待った。

やがて、町田智也は顔を上げて言った。

「お願いします」

ようやく山吹がにっこりとほほえんだ。

「闇の中にいると感じたら」

山吹は穏やかに語りかけた。「そこから出ることを考えなければなりません。もがいてもいい、遠回りしてもいいから、そのトンネルから抜け出ることです。闇の中にいたからこそ、その先の明るさがいっそうありがたく感じるものです」

百合根は、山吹が何のことを言っているのかわからなかった。

町田智也はただうなずいただけだった。

「私は、若い頃に不安神経症を患いましてな……」

百合根にとっても初耳だった。思わず聞き返した。

「不安神経症？」

「パニック障害などの症状が出ます。一度パニックを経験すると、その発作がいつ出るかわからず、とにかく何をするのも不安になる。期待不安とか、予期不安といわれます。つまり、起こりもしないうちに不安に陥り、それでまたパニック障害を誘発する。これは、つらい。他人にはなかなか理解してもらえません」

今の山吹からは想像もできなかった。

いつも穏やかで何が起きようが落ち着いている。その山吹がパニック障害を抱え、不安神経症に苦しんでいたというのだ。


「まず、外食ができなくなりました。料理を注文して出てくるまでに時間がかかる。その間にどんどん不安になってくるのです。当然、食欲はないのですが、不安神経症になると、強迫的な気持ちが強まり、残さずすべて食べなければならないような気になってくる。食べているうちに、気分が悪くなるような気がしてくる。いつもトイレの場所を確認していました。次に私鉄の急行列車に乗れなくなりました。ドアが閉じたとたんに不安になる。私鉄の急行は、へたをすると何分もドアが開かない。その間に、トイレを我慢できなくなったらどうしよう、貧血を起こしたらどうしよう。そんなことばかり考えてしまうのです。そのうち、普通の列車や地下鉄にも乗れなくなりました。病院で検査してもどこにも異常はない。しかし、咽は詰まるような気がするし、胃腸の具合も悪い。めまいもする。私はどんどん追いつめられ、長いトンネルに入り込んでしまった」

　百合根は尋ねた。

「原因は何だったんです？」

「よくわかりません。たぶん、精神的なストレスが積もり積もっていたのでしょう。寺を継がなければならない責任とか、将来に対する不安とか……。禅の修行も嫌いでしたしね」

「禅の修行が嫌いだった？」

「ええ。辛くて、大嫌いでした」

　山吹は笑った。

「どうやって、乗り越えたんです？」

「たしかに、篠崎さんがおっしゃったように、向精神薬は、おおいに助けになりました。しかし、根本的な問題の解決にはならない。さまざまな医者にかかりましたが、結局はだめでした。三年ほど症状が続いたある日、私はふと気づいたのです。あちらこちらの医者にかかっているということは、医者に頼っているということだと……。これではいくら病院に行っても無理だ。私はそう思いました。それまで、私は不安を和らげるために、安全な場所だけを選んで生活をしていました。すぐにトイレに行ける場所、すぐに横になれる場所。常に安定剤も持ち歩いていました。しかし、それは逆に精神を弱くしているのだと気づいたのです」

　百合根は、わかるような気がした。たった二日間の体験修行だったが、たしかに厳しい生活に身を置くことで逆に精神が安らぐことがある。

　山吹の話は続いた。

「不安神経症の私は何を恐れているか？　私は自分自身に問いました。まずは、ちゃんと社会生活が営めないことがつらい。トイレなど我慢しようと思えば多少は我慢できるものです。それが、ちょっと腹の具合が悪いと我慢できないような気がしてしまう。心がねじれているのです。ちょっとした体調の不良にとらわれてしまっている。そして、根元的に恐れているのは死です。死ぬことが恐ろしい。ならば、逆に自分をいじめてみようと思いました。幸い、さらに若い頃に、自分をいじめる経験をしている。そう、禅の修行です」

「禅の修行は、徹底的に追いつめられる経験をすることだと、以前おっしゃってましたね？」

「そう。若い雲水は徹底的にいじめられます。指導者にいじめられ、先輩にいじめられる。肉体的にも精神的にも……。体はあざや擦り傷だらけになるし、ひどくみじめな気分になる。だから、私は、禅の修行が大嫌いでした」

本当に嫌いだったのだろうな。百合根はそう思った。

「だが、自ら不安神経症を克服しようとして臨んだ禅の修行はまた別なものでした。自分をとことん追い込み、よし、糞を漏らすなら漏らしてしまおう、ここで死ぬのなら死んでやろう。そう思うようになりました。そのとき、私は初めて自分のために修行をしたのです。最初の修行は親に行かされたのです。寺を継ぐために……。二度目の修行がなければ、私は禅から足を洗っていたかもしれません」

百合根は尋ねた。

「つまり、暗いトンネルを抜けたわけですね？」

「そう。不安神経症というのは、他人にわかってもらえない。それがつらい。そして、本人にとっては、それ以上の地獄はない。まさに暗闇のトンネルです。しかし、必ず抜け出せるのです。どんな心の闇も必ず抜け出せます。生きている限り次の展開がある。大切なのは、曇りのない眼で今の自分を見つめ、最良の未来を思い描くことです」

「最良の未来」

町田智也がはき出すように言った。「そんなものがない場合はどうすればいいです？」

「必ずあります。可能な限りの最良の未来が……。限られた選択肢でも、その中で最もよいものを選ぶのです。そのために、とらわれた心を解きほぐさなければなりません」

町田智也は、再びうつむいた。

「さて……」

山吹は言った。「今夜はこれくらいにしましょう。風呂に入ってお休みください」

知らぬ間に時間が過ぎていた。

「いいですか？」

山吹は町田智也に言った。「どんな心の闇も、人が自分で作り出すものです。自分で作ったものなら、自分で晴らせぬわけがない。そのことをよく考えてください」

山吹はそれだけ言うと、部屋を出て行った。

13

月曜日の朝も五時に起きた。夜明けの坐禅を組み、お勤めに参席し、行粥、つまり朝食をとった。

町田智也は、まだ体験修行を続けたいという。月曜日には、署に顔を出すようにと、塚原に言われていた。

町田智也が体験修行を続けるということは、指導者の山吹も寺に残るということになる。百合根も残りたかった。

顔を出せと言われただけだ。定時に出勤しろとは言われていない。

後で電話をして様子を聞いてみよう。百合根はそう決めた。体験修行の三日目を迎え、百合根もかなり物事へのこだわりがなくなってきたのかもしれない。

いや、現実から逃避したいだけかな……。

とにかく、午前中は作務と坐禅に集中した。

昼食の前に、綾瀬署に電話をした。

二日間、テレビも電話も忘れて生活していた。携帯電話が、ひどく疎(うと)ましいものに感じられる。

「警部殿か……」

塚原の声が聞こえた。

「あ、すいません。月曜日にはそちらに顔を出すことになっていたんですが、連絡が遅れてすいません」

「ちょっと、面倒なことになってな……」

その一言で、緩んでいた胃袋がぎゅっと縮まる気がした。

「何です？」

「川那部検死官だよ。捜査はどうなってるって、今朝乗り込んできたんだ」

「それで……？」

「これまでのいきさつを説明したよ。容疑者が苦楽苑関係の四人にほぼ絞られたことも話した。問題はその先だ。容疑者の一人である町田智也が、警部殿と寺で坐禅を組んでいると言ったら、とたんに怒り出してな……。何を考えているんだと……。そっちに乗り込むと言いだした」

「乗り込むって……。いつのことです？」

「もうじきそっちに着くと思うが……」

百合根は暗澹(あんたん)とした気分になった。

塚原の声が聞こえてくる。

「今日はこっちに来なくていい。川那部のだんなの相手をしてくれ」

「わかりました」

そう言うしかなかった。

「それで、町田智也はどうしている？」

「真面目に、禅の体験修行をしています」

「そうか」

「そっちはどうです？」

「青山の読んだ筋に沿って、証拠固めをやっている。地味な作業だよ。とにかく、そっちは任せたからな」

「はい……」

「また、連絡をくれ」

電話が切れた。

百合根は溜め息をついた。

川那部検死官が、山吹の寺にやってきたのは、それから三十分後のことだった。

「それで……？」

本堂に通された川那部は、百合根と山吹を前にして言った。「捜査もせずに、寺に籠もっているのはどういうわけだ？」

百合根はどう説明していいか困り果てた。

だが、嘘をついてもしかたがない。事実をありのままに話すしかなかった。

「参考人の町田智也が、この山吹の寺で禅の体験修行をしたいと言いだしました。山吹はそれを承諾しました。僕は、町田智也の行動に捜査上の関心があったので、いっしょにここに来ることにしました」

「参考人なんだろう。くっついている必要はあるのか？」

「ええと、重要参考人です」

「説明は、綾瀬署で聞いた。だが、町田智也の容疑などこじつけにしか聞こえない。ほかの三人もそうだ」

そう言われると、百合根はとたんに自信がなくなってくる。相手は、ベテラン捜査員だ。階級も上だ。

警察は役所だ。彼に逆らって得なことなど一つもない。

だが、ここは譲れないと百合根は思った。もし百合根が川那部に迎合してしまったら、塚原やSTの苦労が無駄になってしまう。

本庁の警視と警部が捜査の終了を宣言したら、所轄の塚原には手出しができないのだ。

「町田智也と行動をともにすることは、無駄にはならないと思います」

百合根が言うと、川那部はじろりと睨み返した。

川那部はあぐらをかき、百合根と山吹はその向かい側で正座していた。

「その町田智也とかいう男はどこにいるんだ?」

山吹がこたえた。

「作務をしています」

「サム……? ああ、坊さんが肉体労働することだな?」

「はい。大切な修行です。庭の掃き掃除をしています」

「早く結果を見せろ。こんなところで、参考人だか重要参考人だかといっしょに坐禅を組んでいる場合じゃないだろう」

「はい……。あの、でももう少しで何かがはっきりしそうなんです」

百合根は言った。

自分でもいいかげんな台詞だと思った。


「何がどうはっきりするというんだ? 坐禅を組んで捜査ができれば、警察官は全員、坊主になっているぞ」

「いや、そういうことじゃなくて……」

「どういうことなんだ?」

「こちらが自然の流れに身を任せていれば、不自然な動き方をする者がおのずと見えてくると……」

「何を言ってるんだ。私はここに禅問答をしに来たんじゃない」

「はい、それはわかっていますが……」

「私に啖呵を切ったからには、結果を出せ」

百合根は、黙り込んだ。

反論したいが、何を言っていいかわからない。

そのとき、山吹が言った。

「わかりました。結果を出せというなら、そういたしましょう」

「何だと……?」

川那部は山吹を睨みつけた。

百合根は驚いて山吹の横顔を見た。

山吹は、百合根のほうを向いて言った。

「キャップ。機は熟したと思います。阿久津昇観、篠崎雄助、山県佐知子の三人を、ここに呼んでいただけますか？」

「それは……、ええ、塚原さんや菊川さんに頼めばなんとかしてくれると思いますが……」

「その三人についての説明は、綾瀬署で聞いた」

川那部が言った。「彼らを呼び寄せてどうしようというんだ？」

山吹はこたえた。

「おおせのとおり、結果を出しましょう」

「その三人とここにいる町田智也が顔を合わせると、何か結果が出るというのか？」

「私どもが捜査を始めてから、その四人は一度もそろって顔を合わせてはいないはずです。四人が話し合えば、必ず結果は出ます」

百合根は不安になった。


山吹は自信に満ちているように見える。だが、本当に山吹の言うとおりになるだろうか。

「おもしろい」

川那部は言った。「いいだろう。その酔狂につきあってやろう。だが、それでもし何の結果も出なかったら、今度こそ捜査は打ち切りだ。上のほうにもそう伝えるからそのつもりでいろ」

山吹はうなずいた。

「けっこうです」

「ちょっと、電話をかけさせてもらうぞ」

川那部は立ち上がり、縁台に出て携帯電話を取りだした。本庁に電話をかけている。

百合根は、山吹に言った。

「だいじょうぶなんですか？」

山吹は、百合根を見た。

「すでに、誰が四人を殺したかは明らかなんです。あとは、なぜあんなことが起きたかを解明するだけです。それは、四人に直接訊くのが一番です」

百合根は驚いた。

「犯人が明らかですって？」

「ええ。キャップも無意識のうちに気づいているはずです」

そう言われても、まったく見当がつかない。

山吹は言った。

「さあ、早く連絡を……」

「あ、はい……」

百合根は、阿久津昇観、篠崎雄助、山県佐知子を寺に連れてくる手配をするべく、綾瀬署に電話をした。

14

「なんだ、なんだ。何が始まるんだ？」

赤城の声がした。驚いて本堂から庭先を見ると、STのメンバーが近づいてくるのが見えた。

赤城と翠、黒崎に青山もいる。

「どうしたんですか？」

百合根が尋ねると、赤城が言った。

「どうしたってことはないだろう。俺たちだって捜査に参加していたんだ。蚊帳の外ってのはないじゃないか」

「いや、ただ、山吹さんは、ここで四人に話を聞こうと言っているだけなんです」

赤城が山吹に言った。

「そうなのか？」

山吹がこたえる。

「はい」

「話を聞いたあとはどうなる？」

「自然の成り行きに任せるしかありません」

「ほう……」

赤城は言った。「とにかく、俺たちもその自然の成り行きとやらを見届けようじゃないか」

本堂の奥にいた川那部が赤城の声を聞きつけて言った。

「STの出る幕じゃない」

赤城は、川那部の顔を見て不敵な笑みを浮かべた。

「そこにいるのは、STのキャップだ。そして、ここはSTのメンバーの一人、山吹の自宅だ。出る幕じゃないと言われてもな……」

川那部は、憤然とした顔になった。

「とにかく、おとなしくしていろ」

赤城は山吹に言った。

「上がらせてもらうぞ」

STのメンバーたちは、本堂に上がり込んだ。

翠は今日も、おそろしく短いタイトスカートをはいている。

「あの……」

百合根は言った。「膝掛けか何かお持ちしましょうか」

「気にしないで」

翠は言った。「坐禅を組むわけじゃないんだから……」

彼女は、縁側に上がると、柱に背を当てたまま立っていた。青山がその脇に立っている。

黒崎は本堂に入るときに一礼し、本尊（ほんぞん）に背を向けぬように正座した。

赤城は川那部から一番遠い位置にどっかとあぐらをかいた。

奇妙な緊張感が漂う。百合根は針のむしろに座っているような気がした。

三人のうち、真っ先に寺にやってきたのは、篠崎雄助だった。彼は綾瀬署の西本に連れられて来た。

「ほう……。なかなか立派なお寺ですね」

彼は本堂を眺め回し、悪びれた様子もなく言った。「それで、何が始まるんです?」

山吹は言った。

「まあ、しばらくお待ちください」

篠崎雄助は、本堂の中に座った。あぐらをかいていた。彼は、手持ち無沙汰の様子であたりを見回したり、その場にいる人々の様子をうかがったりしていた。

何かしゃべろうとしたが、世間話をする雰囲気ではないことを感じ取ったのか、けっきょく何も言わずに座っていた。

それから三十分ほどして、塚原と菊川がやってきた。彼らは、阿久津昇観と山県佐知子をいっしょに連れてきた。

「寺で何をしようというんです」

阿久津昇観は、明らかに迷惑そうだった。「予定をキャンセルして来たんですよ……」

彼は、本堂に篠崎雄助がいるのに気づいて、言葉を呑み込んだ。篠崎雄助も、お、という形に口を開いたまま、阿久津昇観を見つめていた。

山県佐知子は、無表情だったが、明らかに緊張を隠していた。

「まあ、上がってお座りください」

山吹が言った。

「おお、阿久津。おまえも呼ばれたのか」

篠崎雄助が声をかけると、阿久津昇観は、ますます迷惑そうな顔になり、百合根に言った。

「これはどういうことなんですか? 任意同行だというから、警察署に行くものと思っていたんです。こんなことなら、私は帰らせてもらう」

百合根は言った。

「取り調べが、警察署で行われるとは限りませんよ」

「取り調べ……?」

阿久津昇観は、眉をひそめた。「つまり、私たちは容疑者というわけですか？　そういうことなら、私は弁護士と相談したあとでないと、何もしゃべりませんよ」

「まあ、そう目くじらを立てるなよ」

篠崎雄助が言った。「こちらさんは、ただ話を聞きたいと言っているだけなんだ」

「おまえは、いつもそうだ。物事の重大さがわかっていないんだ」

「おまえが、杓子定規に考えすぎるんだよ」

山吹が立ち上がった。

「さて、最後の一人を連れてきましょう」

「最後の一人……？」

阿久津昇観が言った。

山吹は出て行き、すぐに町田智也を連れて戻ってきた。

町田智也は、すっかり萎縮しているように見える。苦楽苑の幹部が顔を揃えているのだからそれも当然だろう。


その上、警察の人間が計十人もいるのだ。緊張するなというのが無理な注文だ。

町田智也を見て、篠崎雄助は言った。

「よお、ここで坐禅を組んでるんだって？」

町田智也はおどおどしながらうなずいた。

阿久津昇観と山県佐知子は、同様に眉をひそめている。

「さあ、そこに座ってください」

山吹は言った。

町田智也は言われたとおりに座った。

翠と青山は縁側の柱のそばに立っている。塚原と菊川も縁側に立ったままだった。

「さあ、さっさと始めてもらおうか」

川那部が苛立たしげに言った。

百合根は言った。

「今日、みなさんに集まっていただいたのは、一堂に会して話し合っていただきたかったからで……。その……、山吹さん、お願いします」

山吹は柔和な表情のまま言った。

「ここにお集まりいただいた四人のみなさんには、殺人の容疑がかかっています」

「だから……」

阿久津昇観が言った。「そういうことなら、弁護士を呼ぶ。私には身に覚えのないことだ」

山吹は、穏やかに阿久津昇観を見やっただけで、話を続けた。

「もちろん、足立区のマンションで起きた事件に対する容疑です。犯人は一人だけ。しかし、ここにお集まりのみなさんにはそれぞれに事件に関して責任がおありと思います」

「被疑者は一人に絞られているのか？」

川那部が言った。「それは誰なんだ？」

「僕じゃない」

篠崎雄助が平然と言った。「僕には彼らを殺す理由がない」

「私にだって、彼らを殺す理由などない」

阿久津昇観が言った。「それに、ここにいる山県にだって……」

「はい」

山県佐知子は言った。「当主の言うとおりです」

「問題はそう単純ではありません。いろいろな問題が絡み合って、結果的にああいう不幸な結果になってしまったわけです」

「だから……」

川那部は言った。「被疑者は誰なんだ？」

山吹は、川那部のほうを見て言った。

「今、犯行を否定しなかった人です」

町田智也に視線が集中した。

彼は、一同を見回し、それから山吹にあわてて言った。

「僕が彼らを殺すはずがないじゃないですか……。いっしょに修行をしていた仲間ですよ。彼らがいなくなったら、僕は独りぼっちになってしまう」

「あなたしかいないんです」

山吹は、青山のほうを見た。「そうですね？」

青山は面倒くさそうに山吹のほうを見返した。

「えーとね。理論的にいうとそういうことになるね」

菊川が眉間に深くしわを刻んで尋ねた。

「そりゃ、どういうことだ？」

「あの犯行を行うには、いくつかの条件が必要だ。まず、部屋の鍵を開けられること。部屋に鍵がかかっていたら、四人をあの部屋に入れることはできないからね。それから、部屋に七輪があることを知っていたこと。四人に疑いを持たれずにあの部屋へ呼び寄せることができること。その他、動機やアリバイという一般的な条件も必要だ」

「僕は部屋の鍵を持っていない」

町田智也は言った。

「そう」

青山が言った。「だけど、部屋がいつも開いていたことを知っていた。何度か篠崎さんとあの部屋へ行ったことがあるでしょう。だから気づいたはずだ。整理してみようか。部屋の鍵を持っていたのは、阿久津さん、篠崎さん、そして山県さんの三人。町田さんは鍵は持っていなかったけれど、部屋が開いていることを知っていた。つまり、その点では四人とも条件に当てはまる。次に、アリバイについては、四人ともはっきりしない。だから、この点についても四人とも条件に当てはまる。動機についても、まあ強弱はあるけどいちおう考えられる。だから、これも四人とも条件に合う。さて、次に、怪しまれずに四人を部屋に呼ぶことができる人だけど、まず一番簡単に呼べるのが、篠崎さんだね。指導をすると言えばいいんだから。次に、町田さんだ。いつも五人で行動していたから、事件のときもいっしょにあの部屋にいた可能性は大きい。次に山県さんだけど、山県さんがあの四人を現場の部屋に呼び出すというのは不自然だ。彼らの指導は篠崎さんが担当していたんだからね。それに、山県さんがあの部屋を使う理由がない。苦楽苑のビルのほうがずっと設備が整っているんだから。そして、阿久津さん。ご当主から直接呼び出しが来たら、一般の信者は何事かと思うでしょう？　びっくりして誰かに相談するよね。その誰かっていうのは、篠崎さん以外には考えられない。でも、そんな相談なかったでしょう？」

篠崎はかぶりを振った。

「なかったな」

「そういうわけで、山県さんと阿久津さんの可能性はちょっと低くなってくる。それでもまだ、二人の可能性も残っているけど、問題は、七輪だ。山県さんと阿久津さんはほとんどあの部屋に行ったことがなかったと言った。その点については、菊川さんたちがマンションや近所の聞き込みで確認しているから嘘じゃないと思う。つまり、二人は部屋に七輪があることなど知らなかったんだ」

「待てよ」

川那部が言った。「行ってみたら、たまたま七輪があったというだけのことじゃないのか？」

「七輪だけじゃあの事件は起こせないよ。炭がなきゃ。それに、炭をおこすのはなかなかたいへんなんだよ。ベランダの窓に目張りをするガムテープもあった。つまり、計画的だったということなんだ」

川那部は、黙り込んだ。

青山は、さらに続けた。

「篠崎さんは、部屋に七輪があることを知っていた。そして、町田さんも知っていた。つまり、すべての条件に当てはまるのは、篠崎さんと町田さんということになる」

「じゃあ、容疑者は二人だ」

菊川が言った。

青山はかまわずに言った。

「さらに、別の条件を加えてみる。供述だ。ここにいる四人のうち、ただ一人ほかの三人と違う供述をした人がいる。それが、町田さんなんだ」

菊川と塚原は顔を見合った。

菊川が青山に言った。

「思い当たらないな。どんな供述なんだ?」

青山はこたえた。

「四人のうち、町田さんだけが、あの四人が自殺だったことを強く臭わせようとした。記録をもう一度見てみるといい」

町田智也は、じっと青山を見つめていた。しきりになにかを考えていた。言い訳を考えているのかもしれないと、百合根は思った。

青山が見返すと、町田智也は目を伏せた。結局彼は何も言わなかった。

「篠崎さんと、阿久津さんの供述に食い違いがあった」

塚原が尋ねた。「例えば、独立についてだ。篠崎さんは独立について、はっきりと阿久津さんに知らせたと言った。だが、阿久津さんは、いずれ篠崎さんが苦楽苑に戻ってくると信じていた。その点はどうなんだ?」

「二人の性格の違いから来た誤解だね」

青山がこたえた。「何事にも慎重な阿久津さんは、独立などという重大なことがそんなに簡単にできるとは思っていなかった。一方、篠崎さんは、思いついたらまっしぐらだ。そうだね?」

青山は、阿久津昇観と篠崎雄助の顔を交互に見た。

「たしかに……」

阿久津昇観は言った。「篠崎の口から独立云々という言葉を聞いたことがあるように思う。だが、本気だとはとうてい思えなかった」

「なんだよ」

篠崎雄助は、目を丸くして阿久津昇観を見た。

「おまえ、人の話を本気で聞いていなかったのか」

「おまえのことだからな、勢い余って口をついて出ただけだと思っていたよ」

篠崎雄助はあきれたようにかぶりを振った。

山吹は、あくまでも穏やかな声で町田智也に向かって言った。

「阿久津さん、山県さん、篠崎さんの三人は、事件のことを知った後も、特別な行動を取りませんでした。日常的に暮らし、私たちの質問にも臆せずにこたえてくれました。町田さん。あなただけが、不自然な動き方をしたのですよ。つまり、突然私の寺で禅の修行をしたいと言いだしたのです。坐禅を組みたいと申し出ること自体は、不自然なことではありません。しかし、お仲間が四人もお亡くなりになるという事件の直後に、そんなことを言いだすのは、やはり不自然と思わざるを得ません」

百合根は尋ねた。

「じゃあ、山吹さんは、かなり早い段階から町田さんを疑っていたのですね?」

「申したはずです。こちらが自然の流れに身をゆだねていれば、不自然な動き方をする者が見えてくると……」

塚原が、言った。

「町田さん。あんたが、四人を殺したんですか?」

町田智也は、うつむいたままだ。

一同は町田智也に注目していた。しばらく沈黙が続いた。

「どうなんです?」

塚原が尋ねた。

町田智也は、顔を上げた。その眼の奥には、怒りの光が瞬いていた。

「仕方がなかったんです……」

その一言に、塚原と菊川は吐息を洩らし、川那部は、かすかなうめき声を洩らした。

「僕が彼らに殺される前に、彼らを殺さなければならなかった……」

篠崎雄助がびっくりした様子で尋ねた。

「それは、どういうことだい?」

「彼らは、僕を邪魔者扱いしはじめたんです。そして、ついには僕を排除しようとしたんです」

「排除……？」

「僕を殺そうとしていたんです」

「そんなばかな……」

篠崎雄助は言った。「彼らが、君を殺そうとするだなんて……」

「相談しているのを聞いたんです。あいつ、うっとうしいから、消えてくれないかなとか、いっそのこと消しちゃおうかとか言ってました。僕はただ修行をしたいだけだった」

「君は仲間はずれだったということか？」

「二組のカップルがいて、町田さんだけが孤立していた……」

山吹が言った。「でも、それだけじゃない。あなたは、彼らから嫌がらせを受けていたのですね？」

篠崎雄助が聞き返した。

「嫌がらせ？」

町田智也はうなずいた。

「ずいぶん嫌な目にあいました。僕が一度、修行が目的で集まるんだから、つきあったりするのは変だと言ったことがあるんです。ちょっと悔しかったし……。それがきっかけでした。学校のいじめみたいなもんです。パシリをやらされたり、話題に入れてくれなかったり……」

「知らなかった……」

篠崎雄助は言った。「そんなことがあったなんて……」

「そんなやつらとはつきあわなければいいじゃないか」

菊川が言った。「別にいっしょにいることはない」

「篠崎先生は、いつも五人いっしょに指導をされました。集団で指導を受けることが有効だと言われました」

「たしかにそうだ」

篠崎は認めた。「指導をするときは、必ず五人いっしょだった」

「僕だけ外れるわけにはいかなかったんです」

「苦楽苑の本院に行けばよかったんだ」

菊川がさらに言った。「本院なら一人でも指導とやらを受けられるんだろう」

町田智也はちらりと山県佐知子を見た。

百合根は、山県佐知子が動揺しているのを見て取った。

町田智也は言った。

「篠崎先生といっしょに独立するつもりなら、もう苦楽苑には来ないでくれと言われたんです」

百合根は尋ねた。

「誰にです？」

「山県先生です」

山県佐知子は、うろたえた様子だったが、名前を出されると、かえって落ち着いた様子になった。

開き直ったのだろう。

「それは当然でしょう。当主に逆らって独立していった者が、苦楽苑の敷居をまたぐことは許されません」

「私はそんなことを言った覚えはない」

阿久津昇観が言った。「苦楽苑はどんな者でも受け容れる。たとえ、一度出て行った者でも、いつでも戻ってくることができる」

「いいえ」

山県佐知子はきっぱりと言った。「それでは、しめしがつきません。当主か篠崎先生かどちらかにすべきなんです」

「それ、あなたが、お弟子さんに言えるのかなあ……」

青山が言った。「どちらかにすべきなんて……」

山県佐知子はきっと青山を睨んだ。

「それはどういう意味です？」

「三角関係だよ。阿久津さんと篠崎さん、どっちを選ぶか決めかねていたのは、あなたじゃない？」

山県佐知子は、ぷいと顔をそらした。何も言い返さなかった。

「僕に、苦楽苑を出るように言ったのは、佐知子だ……」

　篠崎雄助が、考え考え言った。「つまり、彼女は、僕に内弟子のままでいてほしくなかったんだ」

「何だって……？」

　阿久津昇観は眉をひそめた。「それは初耳だ。本当なのか、山県さん」

「苦楽苑のためを思ってのことです。当主と篠崎さんの問題は、信徒さんの間に混乱を招きます」

　山県佐知子は冷ややかな表情で言った。

　青山が言った。

「いや、そうじゃない。あなたは、阿久津さんと篠崎さんのどちらかに決められなかった。だから、二人を引き離そうとしたんだ。篠崎さんが苦楽苑を出れば、阿久津さんや信徒さんに知られずに接触することもできる。つまり、阿久津さんと篠崎さんの両方と接触できるわけだ」

「そんな話、今は関係ないじゃないですか」

　山県佐知子が言った。「私はあくまで苦楽苑のことを第一に考えたのです」

　山吹が悲しげに言った。

「篠崎さんが、五人を連れて独立すると言いださなければ、町田さんは苦楽苑に戻って一人で修行することもできたのです。その独立のきっかけを作ったのが、山県さん、あなたなんです。しかし、山県さんも責められません。あなたも苦しんだはずです」

「私の責任だ」

　阿久津昇観が言った。「何も知らなかった。私がもっと信徒の方々のことを考えていれば……。そして、篠崎の話を真剣に聞いていれば……」

「そう」

　山吹は言った。「あなたの責任は大きい。人を救おうと思ったら、その人の立場になって考えなければならないと私は思います。人の苦しみというのは、一人一人違います。それを見極めなければ、人を助けることはできない。あなたは、ごく身近にいる山県さんの苦しみにさえ気づかずにいたのです」

阿久津昇観は、頭を垂れた。

「言葉もありません。私は篠崎のやり方があまりに知に偏り過ぎていると感じていました。しかし、今思うと、私もそれほど変わりはない……」

「今回の事件の発端は、あなた方の三角関係です。それが、篠崎さんの独立を生み、町田さんたち五人グループを巻き込んだ。そして、町田さんは抜き差しならぬ立場に追い込まれた……。そういうことです」

山吹が言うと、篠崎は眉をひそめた。

「しかし、どうしても納得ができない。あの四人が町田君を殺そうとするなど……。邪魔だとか、気にくわないというだけで殺そうとするなんて、信じられない」

「あいつらにとって、僕は虫けら同然だったんです」

「あの日、起こったことを順を追って説明してくれ」

塚原が言った。「最初からだ」

町田智也は、しばらく考えをまとめていた。やがて、彼は語り出した。

「篠崎先生の指導があるからと、園田から電話がありました。急にそんな呼び出しがあることなど、ありません。いつも、指導のときに次回の予定を決めるんです。でも、突然、呼び出しがあった。僕は、警戒しながらあの部屋に行きました。すでに四人は集まっていて、七輪で炭を熾(おこ)していました。でも、篠崎先生はいません。吉野さんが言いました。このまえみたいに、焼き肉でもやろうって……。僕には彼らの目的がすぐにわかりました。僕を殺そうとしているんだと思いました。七輪に炭……。自殺に見せかけるつもりだと……。七輪と炭で集団自殺したという事件があったでしょう。それでぴんときたんです」

塚原が尋ねる。

「それからどうした？」

「買い出しに行きました。僕は、缶入りのビールや焼酎を買いに行きました。それと、紙コップなんかも買いました。女性たちが、肉や野菜なんかを買いに行きました。僕は、逃げ出そうかと思いました。でも、そのまま姿を消したら、またどんなことを言われるかわからない。それに、その日は逃げられたとしても、またいずれ彼らは僕を殺そうとするに違いない。それなら、いっそ僕がやつらを……」

そこまで言って、町田智也は拳を握った。その拳がかすかに震えている。怒りがよみがえったのだろう。

「あの四人は薬を飲んでいた」

塚原が尋ねた。「睡眠薬だ。あなたが飲ませたのですか？」

「はい」

町田智也は素直にこたえた。「焼酎をウーロン茶で割ったりするのは僕の役割でしたから、簡単に薬を飲み物に混ぜることができました」

「睡眠薬を持っていたのか？」

「持っていました」

「なぜだ？　なぜあの部屋に行くのに睡眠薬を持って行ったんだ？」

「いつも、四人に分けてやっていましたから……。僕がインターネットで買う。それを四人が使う。いつのまにかそういうことになっていたんです。だから、彼らに会うときは、いつも睡眠薬を持って行ったんです」

「あの四人は、睡眠薬を常用していたのか？」

「篠崎先生に睡眠薬も役に立つという話を聞いてから使いはじめたようですね。でも、僕自身は、あまり使いませんでした」

篠崎は辛そうな顔をした。

「乱用させるつもりで、睡眠薬の効用を説いたわけじゃない……」

山吹が言った。

「言葉の教えというのは、思い通り伝わらないものです」

塚原が、町田智也に話の先をうながした。智也は話しはじめた。

「酒に睡眠薬を混ぜると、すごく効くことは知っていました。焼酎のウーロン割りなんかに混ぜて、何度も飲ませました。そのうちに、全員が眠り込んでしまいました。僕は、彼らが用意していたガムテープを見つけ、目張りをし、七輪に炭を足して、部屋を片づけはじめました。とにかく何一つ残してはまずい。そのときはそう思いました」

「使っていた飲み物の容器なんかはどうしたんだ？」

「持って帰って、ゴミ袋に詰めて出しました」

「ガムテープの残りのロールは？」

「それも、いっしょに燃えないゴミの袋に入れました」

「すでに回収されちまってるな……」

塚原がつぶやくと、西本が言った。

「回収業者のほうを手配してみます」

西本は携帯電話を片手に、庭に降りた。

「部屋に、コップやら薬のパッケージやらを残していたら、とっくに自殺で処理されていたかもしれない」

塚原が誰に言うともなくつぶやいた。

町田智也が言った。

「とにかく、僕の触ったものはすべて持ち出さずにはいられませんでした。不安でたまらなかったんです」

「まあ、犯罪ってのはそんなもんだ」

塚原は言った。

突然、篠崎雄助が大きな声で言った。

「事件の日は、間違いなく僕が集合をかけたんだ……」

塚原が篠崎を見た。

「何だって？」

「すいません。責任を追及されると面倒だと思って黙っていたんです。五人に会って今後のことを話し合おうと思ったんです。でも、急に用事が入って直前にキャンセルしたんです。吉野君に連絡すると、みんなにキャンセルの連絡が取れるかどうかわからないというんです。それで、僕は言ったんです。また、焼き肉でもやったらどうだって……」

町田智也は、不思議そうな顔で篠崎を見た。

「じゃあ……」

彼は言った。「篠崎先生が集合をかけたというのは本当なんですか……？」

「本当だ」

「でも、あいつら、ガムテープなんかも用意してました……。目張りのためでしょう？」

篠崎雄助はぴしゃりと額を叩いた。

「そのガムテープも僕のものだ。あそこに運び込んでいた雑誌やら古い書物やらを資源ゴミに出すために使い、そのまま置きっぱなしにしていたんだ……」

町田智也は茫然として言葉を失った。

篠崎雄助は苦しげな表情で言った。

「彼らが君を殺そうとしているなどというのは、君の誤解だろう。彼らが君をうとましく思っていたのは本当かもしれない。だから、君は疑心暗鬼になっていたんだ」

「でも……」

町田智也は言った。「でも、彼らは僕のことを消そうなんて言っていたんですよ」

「誰だって、陰ではそれくらいの冗談は言う」

「そんな……」

町田智也は、口を半開きにして篠崎雄助を見つめていた。やがて、その目に涙があふれてきた。

「ああああ……」

町田智也の口から声が洩れた。

彼は、そのままがっくりと前のめりに倒れ、俯(うつぶ)せになった。声を上げて泣きはじめた。

阿久津昇観が言った。

「取り返しのつかないことを……」

山吹が悲しげに言った。

「これが事件の真相です。少しずつ歯車が狂っていった……。ただそれだけのことだったんです」

しばらく、誰も口を開かなかった。

町田智也の泣き声だけが本堂に響いていた。

やがて、川那部が言った。

「よくやった」

百合根は、驚いて川那部のほうを見た。

川那部は続けて言った。

「だが、今のままじゃ検察を納得させることは難しい。物的証拠が必要だ。証拠固めには、本庁の捜査一課も手を貸そう。追って連絡する」

それだけ言うと、川那部は立ち上がり、本堂を出て行った。

百合根は、あきれた思いでその後ろ姿を見つめていた。

「町田さん」

山吹が言った。「やってしまったことはもとには戻りません。しかし、人間は先のことを考えなければなりません。罪を償い、やり直すことが大切です。禅の体験修行で得たことを忘れないでください。罪を償った後に、また参禅したいと思われたら、いつでもここに来てください」

町田智也は泣き続けていた。山吹の声が彼の心に届いたかどうかはわからない。

たぶん、届いているはずだ。百合根はそう思った。

「町田さんの身柄を確保してください」

百合根は、塚原に言った。

塚原は百合根の顔を見た。

「綾瀬署の実績（ポイント）でいいのか？」

百合根はうなずいた。

「もともと、綾瀬署の事案です。ぐずぐずしていると、川那部さんがまた乗り込んできて、身柄を持って行っちゃいますよ」

「冗談じゃねえ……」

塚原は、携帯電話で車の手配をした。

それから、彼は、阿久津、山県、篠崎の三人を見渡して言った。

「もう一度、詳しく話を聞く必要がある。署まで来ていただけますね」

誰も異議を申し立てなかった。

15

塚原と西本が、町田智也の身柄を綾瀬署に運んだ。阿久津昇観、山県佐知子、篠崎雄助も彼らに同行した。

百合根はすっかり気が抜けた思いで、本堂に座っていた。急に寒さがこたえてきた。

STのメンバーは、ずっと同じ位置にいた。黒崎と山吹は本堂の中で正座しており、赤城はあぐらをかいている。

翠と青山は縁側に立っていた。

誤解が生んだ殺人。後味の悪い事件だった。百合根はそう感じていた。

「それにしても……」

百合根は山吹に言った。「かなり早い時点で、町田智也が犯人だとわかっていたんですね」

「いいえ」

山吹は平然と言った。

百合根はびっくりした。

「でも、町田智也が犯人だと言い当てたじゃないですか……」

「あれは、賭けです。川那部検死官にせっつかれまして、私も頭に来たんです」

百合根は青山を見た。

「青山さんには、町田智也が犯人だとわかっていたんですか？」

「わかるはずないじゃない」

青山が言った。「僕は、山吹さんに言われて、あいつが犯人だという推理が成り立つという可能性を説明しただけだ」

「危ない橋を渡ったじゃないか」

菊川が言った。「可能性だけで勝負に出たのか」

「まあ……」

山吹が言った。「いっしょに禅を組んでみて感じました。彼にほぼ間違いないと……。でも、物的証拠がほとんどなかったのはたしかですな」

「たまげたな……」

菊川は言った。「いっしょに禅を組んだというだけで……」

だが、百合根には何となく納得できた。坐禅を組めば、何かが見える。それは嘘ではない。山吹には、おそらく町田智也の、息づかいまでが手に取るように感じられたのだろう。自ら犯した罪に怯え、恐れ、不安におののく者の息づかいが……。

「はったりですよ」

山吹が言った。「坊主には、はったりも必要でしてね」

百合根は菊川に言った。

「それにしても、川那部検死官の変わり身の早さには驚きましたね」

「政治だよ」

菊川は言った。「あの人も苦労人なんだ」

すっかり退屈した様子の青山が言った。

「ねえ、僕、もう帰っていい？」

山吹が言った。

「せっかくだから、坐禅でも組んでいきませんか？」

「冗談だろう」

赤城は言った。「用がなければ、俺も帰る」

「あたしも坐禅なんて、まっぴらよ」

翠が言った。

黒崎は無言で立ち上がった。彼も坐禅を組むつもりはなさそうだ。

菊川が言った。

「俺は、綾瀬署に寄ってみるよ」

「残念ですね」

山吹が言った。「本格的な冬が近いので、みんなで薪割りをやってくれると助かったのですが……」

「労働力としてこきつかおうってのか」

赤城が言った。「まったく、なんて坊主だ」


山吹は、穏やかにほほえんでいる。

もう一日くらいなら、つきあってもいいかな……。

百合根は本気でそう考えていた。

（この作品はフィクションですので、登場する人物、団体は、実在するいかなる個人、団体とも関係ありません。）

N.D.C.913　192p　18cm

ST（エスティー）　黄（き）の調査（ちょうさ）ファイル

二〇〇四年一月八日　第一刷発行

KODANSHA NOVELS

定価はカバーに表示してあります

著者―今野（こんの）敏（びん）

発行者―野間佐和子

発行所―株式会社講談社

東京都文京区音羽二-一二-二一
郵便番号一一二-八〇〇一

編集部〇三-五三九五-三五〇六
販売部〇三-五三九五-五八一七
業務部〇三-五三九五-三六一五

印刷所―豊国印刷株式会社　製本所―株式会社国宝社

ISBN4-06-182350-7

ドライバー探偵夜明日出夫の事件簿
一方通行 笹沢左保

メフィスト賞！ 戦慄の二十歳、デビュー！
フリッカー式 鏡公彦にうってつけの殺人 佐藤友哉

戦慄の〝鏡家サーガ〟！
エナメルを塗った魂の比重 佐藤友哉

戦慄の〝鏡家サーガ〟！
水没ピアノ 佐藤友哉

問題作中の問題作。あるいは傑作
クリスマス・テロル 佐藤友哉

純粋ミステリの結晶体
蝶たちの迷宮 篠田秀幸

建築探偵桜井京介の事件簿
未明の家 篠田真由美

建築探偵桜井京介の事件簿
玄い女神（くろいめがみ） 篠田真由美

建築探偵桜井京介の事件簿
翡翠の城 篠田真由美

建築探偵桜井京介の事件簿
灰色の砦 篠田真由美

建築探偵桜井京介の事件簿
原罪の庭 篠田真由美

建築探偵桜井京介の事件簿
美貌の帳 篠田真由美

建築探偵桜井京介の事件簿
桜　闇 篠田真由美

建築探偵桜井京介の事件簿
仮面の島 篠田真由美

蒼の四つの冒険
センティメンタル・ブルー 篠田真由美

建築探偵桜井京介の事件簿
月蝕の窓 篠田真由美

建築探偵桜井京介の事件簿
綺羅の柩 篠田真由美

蒼による建築探偵番外編！
angels――天使たちの長い夜 篠田真由美

書下ろし怪奇ミステリー
斜め屋敷の犯罪 島田荘司

書下ろし時刻表ミステリー
死体が飲んだ水 島田荘司

長編本格推理
占星術殺人事件 島田荘司

都会派スリラー
殺人ダイヤルを捜せ 島田荘司

長編本格推理
火刑都市 島田荘司

長編本格ミステリー
網走発遙かなり 島田荘司

四つの不可能犯罪
御手洗潔の挨拶 島田荘司

長編本格推理
異邦の騎士 島田荘司

異色中編推理
御手洗潔のダンス 島田荘司

異色の本格ミステリー巨編
暗闇坂の人喰いの木 島田荘司

御手洗潔シリーズの金字塔
水晶のピラミッド 島田荘司

新〝占星術殺人事件〟
眩暈（めまい） 島田荘司

KODANSHA NOVELS 講談社ノベルス

御手洗潔シリーズの輝かしい頂点
アトポス 島田荘司

多彩な四つの奇蹟
御手洗潔のメロディ 島田荘司

御手洗潔の幼年時代
Pの密室 島田荘司

御手洗潔の奇蹟
最後のディナー 島田荘司

御手洗シリーズの新しい幕明け
ネジ式ザゼツキー 島田荘司

御手洗潔と世界史的謎
ロシア幽霊軍艦事件 島田荘司

第13回メフィスト賞受賞作
ハサミ男 殊能将之（しゅのうまさゆき）

2000年本格ミステリの最高峰！
美濃牛 殊能将之

本格ミステリ新時代の幕開け
黒い仏 殊能将之

本格ミステリの精華
鏡の中は日曜日 殊能将之

密／室／本！
樒／榁（しきみ／むろ） 殊能将之

メフィスト賞受賞作
血塗られた神話 新堂冬樹

The Dark Underworld
闇の貴族 新堂冬樹

血も凍る、狂気の崩壊
ろくでなし 新堂冬樹

前代未聞の大怪作登場!!
コズミック 世紀末探偵神話 清涼院流水

メタミステリ、衝撃の第二弾！
ジョーカー 旧約探偵神話 清涼院流水

革命的野心作
19ボックス 新みすてり創世記 清涼院流水

JDCシリーズ第三弾登場
カーニバル・イヴ 人類最大の事件 清涼院流水

清涼院流水史上最高最長最大傑作！
カーニバル 人類最後の事件 清涼院流水

執筆二年、極限流水節一〇〇〇ページ！
カーニバル・デイ 新人類の記念日 清涼院流水

あの「流水」がついにカムバック！
秘密屋 赤 清涼院流水

新世紀初にして最高の「流水大説」！
秘密屋 白 清涼院流水

全編がめくるめく「密室」の世界！
秘密室ボン 清涼院流水

流水史上最高のJDC
彩紋家事件 前編 清涼院流水

メフィスト賞受賞作！
蜜の森の凍える女神 関田 涙

美少女探偵、再び！
七人の迷える騎士 関田 涙

メフィスト賞受賞作
六枚のとんかつ 蘇部健一

本格のエッセンスに溢れる傑作集
長野・上越新幹線四時間三十分の壁 蘇部健一

一目瞭然の本格ミステリ
動かぬ証拠 蘇部健一

怪人あらわる！
木乃伊男（ミイラ） 蘇部健一

第11回メフィスト賞受賞作!!
銀の檻を溶かして　薬屋探偵妖綺談　高里椎奈

ミステリー・フロンティア
黄色い目をした猫の幸せ　薬屋探偵妖綺談　高里椎奈

ミステリー・フロンティア
悪魔と詐欺師　薬屋探偵妖綺談　高里椎奈

ミステリー・フロンティア
金糸雀が啼く夜　薬屋探偵妖綺談　高里椎奈

ミステリー・フロンティア
緑陰の雨　灼けた月　薬屋探偵妖綺談　高里椎奈

ミステリー・フロンティア
白兎が歌った蜃気楼　薬屋探偵妖綺談　高里椎奈

ミステリー・フロンティア
本当は知らない　薬屋探偵妖綺談　高里椎奈

ミステリー・フロンティア
蒼い千鳥　花霞に泳ぐ　薬屋探偵妖綺談　高里椎奈

ミステリー・フロンティア
双樹に赤　鴉の暗　薬屋探偵妖綺談　高里椎奈

ミステリー・フロンティア
蟬(せみ)の羽　薬屋探偵妖綺談　高里椎奈

創刊20周年記念特別書き下ろし
それでも君が　ドルチェ・ヴィスタ　高里椎奈

〝ドルチェ・ヴィスタ〟シリーズ第2弾!
お伽話のように　ドルチェ・ヴィスタ　高里椎奈

書下ろしスペースロマン
女王様の紅い翼　高瀬彼方(かなた)

書下ろし宇宙戦記
戦場の女神たち　高瀬彼方

書下ろし宇宙戦記
魔女たちの邂逅　高瀬彼方

平成新軍談
天魔の羅刹兵　一の巻　高瀬彼方

平成新軍談
天魔の羅刹兵　二の巻　高瀬彼方

第9回メフィスト賞受賞作!
QED　百人一首の呪　高田崇史(たかふみ)

書下ろし本格推理
QED　六歌仙の暗号　高田崇史

書下ろし本格推理
QED　ベイカー街の問題　高田崇史

書下ろし本格推理
QED　東照宮の怨　高田崇史

創刊20周年記念特別書き下ろし
QED　式の密室　高田崇史

書下ろし本格推理
QED　竹取伝説　高田崇史

書下ろし本格推理
QED　龍馬暗殺　高田崇史

論理パズルシリーズ開幕!
試験に出るパズル　千葉千波の事件日記　高田崇史

書き下ろし!　第2弾!!
試験に敗けない密室　千葉千波の事件日記　高田崇史

「千波くんシリーズ」第3弾!!
試験に出ないパズル　千葉千波の事件日記　高田崇史

衝撃の新シリーズスタート!
麿の酩酊事件簿　花に舞　高田崇史

本格と酒の芳醇な香り
麿の酩酊事件簿　月に酔　高田崇史

乱歩賞SPECIAL　明治新政府の大トリック
倫敦暗殺塔　高橋克彦

KODANSHA NOVELS 講談社ノベルス

世相を抉る傑作ミステリ
非情 津村秀介

国際時刻表アリバイ崩し傑作！
巴里（パリ）の殺意 ローマ着18時50分の死者 津村秀介

書下ろし鉄壁のアリバイ崩し
逆流の殺意 水上着11時23分の死者 津村秀介

書下ろし鉄壁のアリバイ崩し
仙台の影絵 佐賀着10時16分の死者 津村秀介

書下ろし鉄壁のアリバイ崩し
伊豆の朝凪 米沢着15時27分の死者 津村秀介

至芸の時刻表トリック
水戸の偽証 三島着10時31分の死者 津村秀介

第22回メフィスト賞受賞作！
DOOMSDAY—審判の夜— 津村 巧

妖気ただよう奇書！
刻丫卵 東海洋士

落語界に渦巻く大陰謀！
寄席殺人伝 永井泰宇

〝極真〟の松井章圭館長が大絶賛！
Kの流儀 フルコンタクト・ゲーム 中島 望

一撃必読！ 格闘ロマンの傑作！
牙の領域 フルコンタクト・ゲーム 中島 望

21世紀に放たれた70年代ヒーロー！
十四歳、ルシフェル 中島 望

超絶歴史冒険ロマン
黄土の夢 〈第1部〉明国大入り 著 中嶌正英 原案 田中芳樹

超絶歴史冒険ロマン
黄土の夢 〈第2部〉南京攻防戦 著 中嶌正英 原案 田中芳樹

超絶歴史冒険ロマン
黄土の夢 〈第3部〉最終決戦 著 中嶌正英 原案 田中芳樹

書下ろし新本格推理
消失！ 中西智明

書下ろし長編本格推理
目撃者 死角と錯覚の谷間 中町 信

逆転につぐ逆転！ 本格推理
十四年目の復讐 中町 信

書下ろし長編本格推理
死者の贈物 中町 信

書下ろし長編本格推理
錯誤のブレーキ 中町 信

霊感探偵登場！
九頭龍神社殺人事件——天使の代理人 中村うさぎ

書下ろし長編官能サスペンス
赤坂哀愁夫人 南里征典

書下ろし長編官能サスペンス
鎌倉誘惑夫人 南里征典

長編官能サスペンス
東京濃蜜夫人 南里征典

長編官能サスペンス
東京背徳夫人 南里征典

官能&旅情サスペンス
金閣寺密会夫人 南里征典

官能追及サスペンス
新宿不倫夫人 南里征典

長編官能サスペンス
六本木官能夫人 南里征典

長編官能サスペンス
銀座飾窓夫人 南里征典

長編官能ロマン
欲望の仕掛人 南里征典

[illegible]
華やかな牝獣たち　南里征典

妖気漂う新本格推理の傑作
地獄の奇術師　二階堂黎人（にかいどうれいと）

人智を超えた新探偵小説
聖アウスラ修道院の惨劇　二階堂黎人

著者初の中短篇傑作選
ユリ迷宮　二階堂黎人

会心の推理傑作集！
バラ迷宮　二階堂蘭子推理集　二階堂黎人

恐怖が氷結する書下ろし新本格推理
人狼城の恐怖　第一部ドイツ編　二階堂黎人

蘭子シリーズ最大長編
人狼城の恐怖　第二部フランス編　二階堂黎人

悪魔的史上最大のミステリ
人狼城の恐怖　第三部探偵編　二階堂黎人

世界最長の本格推理小説
人狼城の恐怖　第四部完結編　二階堂黎人

新本格作品集
名探偵の肖像　二階堂黎人

正調「怪人　対　名探偵」
悪魔のラビリンス　二階堂黎人

第23回メフィスト賞受賞作
クビキリサイクル　西尾維新

新青春エンタの傑作
クビシメロマンチスト　西尾維新

維新を読まずに何を読む！
クビツリハイスクール　西尾維新

〈戯言シリーズ〉最大傑作
サイコロジカル（上）　西尾維新

〈戯言シリーズ〉最大傑作
サイコロジカル（下）　西尾維新

白熱の新青春エンタ！
ヒトクイマジカル　西尾維新

JDCトリビュート第一弾
ダブルダウン勘繰郎（かんぐろう）　西尾維新

維新、全開！
きみとぼくの壊れた世界　西尾維新

めくるめく謎と論理が開花！
解体諸因　西澤保彦

驚天する奇想の連鎖反応
完全無欠の名探偵　西澤保彦

書下ろし新本格ミステリ
七回死んだ男　西澤保彦

書下ろし新本格ミステリ
殺意の集う夜　西澤保彦

書下ろし本格ミステリ
人格転移の殺人　西澤保彦

書下ろし新本格ミステリ
麦酒の家の冒険　西澤保彦

書下ろし新本格ミステリ
死者は黄泉が得る　西澤保彦

書下ろし新本格ミステリ
瞬間移動死体　西澤保彦

書下ろし新本格ミステリ
複製症候群　西澤保彦

神麻嗣子の超能力事件簿
幻惑密室　西澤保彦

神麻嗣子の超能力事件簿
実況中死　西澤保彦

傑作長編鉄道ミステリー
鳥取・出雲殺人ルート　西村京太郎

トラベルミステリー
尾道・倉敷殺人ルート　西村京太郎

鉄道ミステリー
諏訪・安曇野殺人ルート　西村京太郎

鉄道ミステリー
哀しみの北廃止線　西村京太郎

鉄道ミステリー
伊豆海岸殺人ルート　西村京太郎

トラベルミステリー
倉敷から来た女　西村京太郎

鉄道ミステリー
東京・山形殺人ルート　西村京太郎

トラベルミステリー傑作集
北陸の海に消えた女　西村京太郎

トラベルミステリー
十津川警部 千曲川に犯人を追う　西村京太郎

トラベルミステリー
十津川警部 白浜へ飛ぶ　西村京太郎

トラベルミステリー
上越新幹線殺人事件　西村京太郎

トラベルミステリー
北への殺人ルート　西村京太郎

トラベルミステリー
四国情死行　西村京太郎

大長編レジェンド・ミステリー
十津川警部 愛と死の伝説(上)　西村京太郎

大長編レジェンド・ミステリー
十津川警部 愛と死の伝説(下)　西村京太郎

京太郎ロマンの精髄
竹久夢二 殺人の記　西村京太郎

旅情ミステリー最高潮
十津川警部 帰郷・会津若松　西村京太郎

時を超えた京太郎ロマン
十津川警部 姫路・千姫殺人事件　西村京太郎

西村京太郎初期傑作選I
太陽と砂　西村京太郎

西村京太郎初期傑作選II
午後の脅迫者　西村京太郎

西村京太郎初期傑作選III
おれたちはブルースしか歌わない　西村京太郎

超人気シリーズ
十津川警部「荒城の月」殺人事件　西村京太郎

超娯楽大作
ビンゴ　西村 健

娯楽超大作
脱出 GETAWAY　西村 健

豪快探偵走る
突破 BREAK　西村 健

長編国際冒険ロマン
黒い鯱　西村寿行

長編国際冒険ロマン
碧い鯱　西村寿行

長編国際冒険ロマン
緋の鯱　西村寿行

長編国際冒険ロマン
遺恨の鯱　西村寿行

長編国際冒険ロマン
幽鬼の鯱　西村寿行

KODANSHA 講談社ノベルス NOVELS

長編国際冒険ロマン
神聖の鯱　西村寿行

長編国際冒険ロマン
呪いの鯱　西村寿行

長編バイオレンス
鬼の跫(あしおと)　西村寿行

長編バイオレンス
異常者　西村寿行

長編大冒険ロマン
旅券のない犬　西村寿行

長編冒険バイオレンス
ここ過ぎて滅びぬ　西村寿行

大人気コミックのオリジナル・ストーリー
D・O・A・　地雷震　新田隆男

世紀末本格の大本命!
鬼流殺生祭　貫井徳郎

書下ろし本格ミステリ
妖奇切断譜(ようきせつだんふ)　貫井徳郎

究極のフーダニット
被害者は誰?　貫井徳郎

書下ろし青春新本格推理激烈デビュー
密閉教室　法月綸太郎(のりづきりんたろう)

豪華絢爛新本格推理の雄作
雪密室　法月綸太郎

新本格推理稀代の異色作
誰彼(たそがれ)　法月綸太郎

孤高の新本格推理
頼子のために　法月綸太郎

戦慄の新本格推理
ふたたび赤い悪夢　法月綸太郎

極上の第一作品集
法月綸太郎の冒険　法月綸太郎

本格ミステリを撃ち抜く華麗なる一撃
パズル崩壊 WHODUNIT SURVIVAL 1992-95　法月綸太郎

あの男がついにカムバック!
法月綸太郎の新冒険　法月綸太郎

「本格」の嫡子が放つ最新作!
法月綸太郎の功績　法月綸太郎

噂の新本格ジュヴナイル作家、登場!
少年名探偵　虹北恭助(こうほくきょうすけ)の冒険　はやみねかおる

はやみねかおる入魂の少年「新本格」!
少年名探偵　虹北恭助の新冒険　はやみねかおる

はやみねかおる入魂の少年「新本格」!
少年名探偵　虹北恭助の新・新冒険　はやみねかおる

絢爛妖異の大伝奇ロマン
フォックス・ウーマン　半村　良

書下ろし本格推理・トリック&真犯人
十字屋敷のピエロ　東野圭吾

書下ろし渾身の本格推理
宿命　東野圭吾

フェアかアンフェアか!?　異色作
ある閉ざされた雪の山荘で　東野圭吾

異色サスペンス
変身　東野圭吾

究極の犯人当てミステリー
どちらかが彼女を殺した　東野圭吾

未曾有のクライシス・サスペンス
天空の蜂　東野圭吾

名探偵・天下一大五郎登場!
名探偵の掟　東野圭吾

KODANSHA NOVELS 講談社ノベルス

これぞ究極のフーダニット！
私が彼を殺した 東野圭吾

『秘密』『白夜行』へ至る東野作品の分岐点！
悪意 東野圭吾

第15回メフィスト賞受賞作
真っ暗な夜明け 氷川 透

本格の極北
最後から二番めの真実 氷川 透

強力本格推理
人魚とミノタウロス 氷川 透

純粋本格ミステリ
密室ロジック 氷川 透

書下ろし大トリック・アリバイ崩し
北津軽 逆アリバイの死角 深谷忠記

驚天の大トリック本格推理
横浜・修善寺0(ゼロ)の交差 深谷忠記

傑作推理巨編
運命の塔 深谷忠記

書下ろし長編本格ミステリ
千曲川殺人悲歌 小諸・東京十一の交差 深谷忠記

"法医学教室奇談"シリーズ
暁天の星 鬼籍通覧 椹野道流(ふしのみちる)

"法医学教室奇談"シリーズ
無明の闇 鬼籍通覧 椹野道流

"法医学教室奇談"シリーズ
壷中の天 鬼籍通覧 椹野道流

"法医学教室奇談"シリーズ
隻手の声 鬼籍通覧 椹野道流

本格ミステリ・アンソロジー
本格ミステリ01 本格ミステリ作家クラブ・編

本格ミステリの精髄！
本格ミステリ02 本格ミステリ作家クラブ・編

2003年本格短編ベスト・セレクション
本格ミステリ03 本格ミステリ作家クラブ・編

第19回メフィスト賞受賞作
煙か土か食い物 舞城王太郎(まいじょうおうたろう)

いまもっとも危険な"小説"！
暗闇の中で子供 舞城王太郎

ボーイミーツガール・ミステリー
世界は密室でできている。 舞城王太郎

舞城王太郎のすべてが炸裂する！
九十九十九(ツクモジュウク) 舞城王太郎

殺戮の女神が君臨する！
黒娘 アウトサイダー・フィメール 牧野 修

歌人牧水の直感が冴える！
若山牧水・暮坂峠の殺人 真鍋繁樹

新本格推理・異色のデビュー作
翼ある闇 メルカトル鮎最後の事件 麻耶雄嵩(まやゆたか)

処女作「翼ある闇」に続く奇蹟の第2弾
夏と冬の奏鳴曲(ソナタ) 麻耶雄嵩

奇蹟の書第3弾
痾(あ) 麻耶雄嵩

異形の長編本格ミステリー
あいにくの雨で 麻耶雄嵩

七つの《奇蹟》
メルカトルと美袋のための殺人 麻耶雄嵩

非情の超絶推理
木製の王子 麻耶雄嵩

「忌む家」とは
ホラー作家の棲む家 三津田信三